LE BANQUET

DES

SEPT GOURMANDS

ROMAN GASTRONOMIQUE

PAR

PIERRE VINÇARD.

PARIS

GUSTAVE SANDRÉ, LIBRAIRE,

RUE PERCÉE-SAINT-ANDRÉ-DES-ARTS, 11.

LE BANQUET

DES

SEPT GOURMANDS.

5 2 4 5

Chez le même libraire :

GUIDE POUR SE MARIER DEVANT L'ÉTAT CIVIL, A L'ÉGLISE ET CHEZ LE NOTAIRE, ou Instructions élémentaires sur le contrat de mariage, suivies d'un Aperçu critique sur la législation qui régit aujourd'hui ce contrat, par M. LOUIS NYER, Avocat.

Écrit avec beaucoup de clarté, de précision et d'intelligence, ce livre se recommande par son extrême utilité, autant aux hommes de loi qu'aux gens du monde.

SEMAINIER DES DAMES, Agenda des ménages et comptabilité domestique de la maîtresse de la maison, présentant sur une seule page les dépenses et la recette, jour par jour, d'une semaine entière, avec la récapitulation des comptes pour ladite semaine. (Cette comptabilité domestique est si facile, qu'un enfant de dix ans pourrait la tenir sans difficulté.) — Prix de chaque feuille réglée contenant 4 semaines. 25 c.

Le registre complet contenant 52 semaines, relié. 4 fr.

REGISTRES POUR LES MÉDECINS. (Voir le Catalogue à la fin du volume.)

1853. Paris. — Imprimerie de L. MARTINET, rue Mignon, 2.

LE BANQUET

DES

SEPT GOURMANDS

ROMAN GASTRONOMIQUE

PAR

PIERRE VINÇARD.

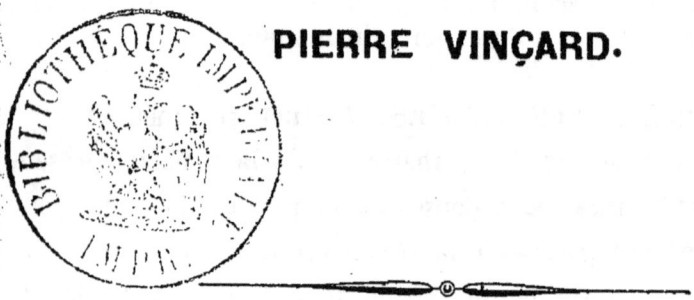

PARIS,

GUSTAVE SANDRÉ, LIBRAIRE,

RUE PERCÉE-SAINT-ANDRÉ-DES-ARTS, 11.

LE BANQUET

DES

SEPT GOURMANDS.

CHAPITRE PREMIER.

La Fête des Rois.

I

Dans le quartier du Marais, on voyait, il y a quelques années, une maison de modeste apparence, mais dès qu'on y entrait, on s'apercevait que son propriétaire l'avait au contraire meublée et ornée de tout ce qui pouvait rendre l'existence heureuse et facile.

M. Martin était un homme d'une cinquantaine d'années, remarquable par une obésité prononcée, et gourmand autant qu'il est possible de l'être. Disons aussi que ces défauts se trouvaient compensés par quelques qualités. Ainsi M. Martin était presque toujours de bonne humeur,

1

et malgré ses penchants gastronomiques, il ne s'était point encore ruiné. Il est vrai que sa femme sachant qu'ils avaient gagné leur fortune dans le commerce, ne permettait que rarement à son mari de satisfaire ses goûts. Ayant souvent entendu parler des nombreux gastronomes que l'amour du bien vivre avait réduits à un état misérable, elle ne voulait pas que M. Martin leur ressemblât, et faisait une petite moue significative chaque fois qu'il prononçait avec emphase les noms de Grimod de la Reynière, du marquis de Cussy, et de tant d'autres non moins célèbres dans les fastes culinaires.

Notre rentier ne pouvant donc suivre les traces de ceux qu'il admirait, s'en consolait en lisant ce qu'il appelait les seuls bons auteurs (c'est-à-dire ceux qui traitaient de la Gastronomie), et répétait souvent cet axiome de Brillat-Savarin : « Les animaux se repaissent ; l'homme mange ; l'homme d'esprit seul sait manger. » Une fois par an, sa femme lui permettait cependant de donner un grand dîner, afin qu'il pût réunir ses amis et les traiter d'une façon splendide ; et il avait choisi le *Jour des Rois*, parce qu'à cette époque, disait-il, on peut vivre réellement.

Au moment où nous commençons ce récit, l'époque solennelle approchait. La salle à manger de M. Martin prit donc un nouvel aspect ; on la balaya, on la nettoya, on la frotta en tous sens. Cette pièce était ornée des portraits des cuisiniers et des gastronomes les plus renommés. En se promenant sur les quais, il avait acheté les deux gravures de Breughel : les *Gras et les Maigres*, et, par amour pour le sujet, il en avait aussi décoré sa salle à manger.

Bien que le ménage de M. Martin pût être donné

comme exemple à beaucoup d'autres, les deux jours qui précédèrent le dîner annuel furent bien douloureux pour notre rentier, car sa maison devint un enfer en miniature.

Madame Martin ayant toujours conservé les fonctions de caissière, fixa pour la dépense du *Jour des Rois* une somme que son mari ne trouva pas suffisante. Il ne pouvait, disait-il, ayant si peu d'argent, recevoir convenablement ses invités; on aurait faim en sortant de chez lui, en un mot sa réputation était perdue si on ne lui donnait davantage, etc., etc., toutes choses que sa femme entendit, mais qu'elle eut l'air de ne pas comprendre. Il fallut donc se contenter de ce qu'elle voulait bien accorder.

La veille du jour où il allait donner son repas, M. Martin sortit de chez lui de très bonne heure, et rendit une visite à tous les marchands de comestibles; sa désolation devint inexprimable, quand il fut certain qu'il ne pouvait acheter qu'une partie de ce qu'il avait vu. Le soir, harassé de fatigue, aussi crotté qu'on l'est à Paris pendant l'hiver, il revint portant un véritable fardeau de friandises de toute nature.

Un auteur à la veille d'une première représentation n'eût pas été plus agité que ne l'était M. Martin.

Enfin on arriva non sans tourment, non sans crainte, à ce jour tant désiré où notre rentier devait recevoir ses cinq convives.

Disons un mot sur le caractère et la physionomie de chacun d'eux, en commençant par celui dont la présence seule était un véritable honneur.

M. Grimardias, savant érudit, possédant plusieurs langues. Son principal titre à la gloire était un ouvrage en quatre volumes in-folio sur l'*Alimentation anté-diluvienne*, avec pièces justificatives. Ce savant était d'une avarice sordide, et ne dînait bien que lorsqu'il prenait un repas chez ses amis. Parleur infatigable, il avait aussi le défaut d'avoir ses poches garnies d'une foule de notes manuscrites qu'il lisait à tout propos.

M. Patelin, avocat. Sa spécialité était de plaider pour les falsificateurs de denrées qui avaient des démêlés avec la justice. Il défendait l'innocence et la candeur de ces marchands qui vendent du bois de campêche pour du vin, du salpêtre au lieu de sel, de la farine à la place de chocolat, et de la fécule de pomme de terre pour de la farine de froment. Il avouait quelquefois qu'il gagnait difficilement ses causes, et disait à ses amis : « La mort par empoisonnement me fait frémir ; aussi je respecte et j'honore mes clients, mais je ne leur donne pas ma pratique. »

M. Maigret, docteur-médecin. Sa doctrine médicale consistait à ne jamais souffrir que ses malades cessassent de manger. Commentant la parole de Confucius, « *La diète est la mère de tous les crimes*, il ajoutait, *et de toutes les maladies.* » Si le docteur Sangrado eût encore existé, M. Maigret n'aurait pas eu de plus cruel ennemi.

M. Tapagini, compositeur distingué. Il avait conquis une réputation européenne par sa *Marche des Écrevisses* avec accompagnement de tambour de basque. Jeune encore, il était doué d'un cœur excellent, et eût été très heureux sans un amour excessif pour la bonne chère. Son existence aventureuse lui avait procuré des créanciers impitoyables, qui n'attendaient qu'une occasion pour l'envoyer une seconde fois à Clichy.

M. Brillant, littérateur d'un grand mérite, concourant pour tous les prix académiques. Il avait obtenu, disait-il, la faveur insigne d'être mentionné honorablement à Carpentras et à Quimper-Corentin, pour un poëme en douze chants intitulé : *L'Homme tranquille*. Nous devons cependant avouer que personne n'avait entendu parler de cette œuvre. Aucun des personnages précédents ne pouvait dire au juste comment il avait connu M. Brillant, ce qui n'empêchait pas que, moitié par politesse, moitié par habitude, il faisait partie de tous leurs banquets.

Il est un autre personnage qui figurera plus tard dans ce récit; mais ce n'est point encore le moment d'en parler.

Ce qui plaisait surtout à M. Martin, c'est que ces hommes éminents ne s'occupaient, étant à table, que de ce qui avait trait à l'art culinaire, et, chose surprenante, quoique vraie, rarement de leurs propres œuvres. La Renommée en entretenait le monde, et cela suffisait à leur gloire.

Le Dieu Comus avait rencontré une à une ces six honnêtes personnes et les avait réunies. En mémoire de Platon, l'érudition de M. Grimardias donna à leurs innocentes fêtes le nom de *Banquet des sept Gourmands*, quoique en réalité ils ne fussent que six ; mais ce savant espérait qu'un septième gastronome se rencontrerait un jour ou l'autre. C'est ce qui arriva en effet, ainsi qu'on pourra le voir, au chapitre deuxième de cette histoire véridique.

II

M. Martin était ravi, transporté; il avait trouvé la possibilité d'offrir les mets suivants à ses convives :

Un consommé de pâte d'Italie; — un filet de bœuf piqué; — un brochet à la régence; — une poularde; — un quartier de chevreuil mariné; — un riz de veau glacé; — un sauté de volaille aux truffes; — un salmis de perdreaux; — un chapon; — des œufs à l'aurore, etc., etc.

Son dessert se composait de :

Deux assiettes montées, garnies de bonbons; — de deux tambours en petit four, assortis; — de pommes de reinette avec gelée; — de marrons glacés; — de poires; — de fromage; — de raisins secs; — et d'oranges.

Quant aux vins, ils provenaient des meilleurs crûs.

A six heures précises, les convives arrivèrent tous, et, après les compliments d'usage, ils se mirent à table.

Le couvert était admirablement mis, et le linge d'une blancheur resplendissante. Aussi le docteur ne put-il s'empêcher d'exprimer son contentement : — Vous nous traitez, dit-il en s'adressant au maître de la maison, non comme des amis, mais comme des étrangers de distinction. Les anciens seigneurs n'agissaient pas autrement à l'égard de leurs rois, lorsqu'ils les invitaient à dîner.

— Messieurs, répondit le rentier, ne soyez pas surpris; je me suis rappelé ces paroles : « Convier quelqu'un, c'est se charger de son bonheur pendant tout le temps qu'il est sous notre toit. »

— Je vois avec plaisir, répliqua M. Grimardias, que vous ne ressemblez pas au roi Cotis, auquel on avait donné un magnifique service de vaisselle, et qui tout de suite le brisa, voulant par là se prémunir contre deux ennuis : le premier, de craindre qu'on ne lui cassât quelque pièce pendant son dîner; le second, de se mettre en colère contre ses domestiques.

— Sous Philippe-le-Bel, vous n'auriez pu posséder un aussi beau service d'argenterie, ajouta M. Patelin, car il défendit à ceux qui ne possédaient pas 6,000 livres tournois, d'avoir *vesselements d'or ne d'argent pour boire ne pour manger*. Par une autre loi, il força ceux qui n'étaient pas compris dans l'ordonnance précédente de porter la moitié de leur vaisselle à la monnaie, et en 1310, il alla jusqu'à interdire aux orfèvres de fabriquer de la vaisselle d'argent.

— Il y a loin de notre temps, reprit le savant en prenant une chaise, à celui d'Athénée qui nous dit que les Égyptiens n'avaient pas de tables, et qu'on apportait les plats devant chaque convive, pour qu'il choisît ce qui lui plaisait et le mangeât à son gré. Il y a aussi une grande différence entre nos habitudes et celles des Celtes, prenant leurs repas assis sur des bottes de foin, ne mangeant que de la viande bouillie ou rôtie, et se servant de leurs doigts en guise de fourchettes. Nos ancêtres les Gaulois, et même les Français sous la première race, mangeaient dans la cour de leurs maisons, assis sur des escabeaux.

— Sans doute, reprit l'avocat; mais leur porte était toujours ouverte, et s'ils voyaient un passant, ils l'invitaient à partager leur repas. Quelle différence même entre nos habitudes et celles des autres peuples!

— J'ai là une note qui le prouve clairement, s'écria M. Grimardias.

Le savant mit ses lunettes, chercha dans son portefeuille, en retira un petit morceau de papier, et lut ce qui suit :

« Nous sommes assis sur des siéges en mangeant; les anciens *Romains* étaient couchés pour prendre leurs repas.

Les *Turcs* sont assis à terre sur leurs talons ; les *Japonais* sont à genoux. Dans nos festins une table sert à plusieurs ; chez les *Chinois* chacun a la sienne à part. Nous voulons nos viandes cuites et assaisonnées ; les *Tartares* les mangent crues, les trouvant autrement sans goût et difficiles à digérer. Quand nous régalons nos amis, nous prenons place à table pour les exciter à faire bonne chère par notre exemple ; dans la *Nouvelle-France*, celui qui donne le repas ne mange point, s'amusant à chanter et fumer, ou à entretenir la compagnie ; et à la *Chine*, il s'absente même par bienséance. Aux festins solennels des sacres des rois de France, les grands seigneurs servaient à cheval (1). »

Tout le monde applaudit à l'érudition de M. Grimardias, ce qui l'engagea, après qu'il eut avalé quelques cuillerées de potage, à reprendre la parole :

Cette table, dit-il, me rappelle la prairie d'Éthiopie dont parle Hérodote. Tous les matins elle se trouvait garnie de viandes cuites, et chacun pouvait y prendre son repas. Une croyance superstitieuse faisait supposer aux paysans que c'était la terre elle-même qui produisait ces mets, et ils appelaient cette prairie la *Table du Soleil*. Voici l'explication de ce prétendu miracle : les magistrats ne voulant pas que personne mourût de faim, faisaient pendant la nuit transporter des aliments à cette place, et au lever du soleil la table était toujours servie.

— Ce trait est admirable, s'écria le docteur, et je suis persuadé qu'il y avait peu de malades dans ce pays.

— Quant à moi, dit l'avocat, je pensais en voyant la table

(1) *Traité de l'opinion*, par Legendre de Saint-Aubin.

de M. Martin, à l'ancienne *Table de marbre du Palais*;
placée à l'extrémité de la grande salle, elle en occupait
presque toute la largeur. Aux jours des fêtes solennelles,
les rois y mangeaient publiquement. Henri VI d'Angleterre, après avoir été sacré à Notre-Dame, alla dîner au
Palais de Justice; mais lorsqu'il voulut entrer, il en
fut empêché; les artisans l'avaient précédé, et le roi et les
seigneurs eurent beaucoup de peine à regagner leurs
places. Le peuple dut alors se contenter du coup d'œil et
de l'odeur des mets.

— Les tables à manger des anciens, reprit le savant,
avaient diverses formes; elles étaient rondes, ovales ou
carrées et quelquefois représentaient un croissant. Celles
des Grecs se pliaient assez souvent; le bois de chêne, de
frêne ou d'érable servait à leur fabrication; elles étaient
basses, et d'une grande simplicité. Lorsque les Grecs se
mirent en rapport avec l'Asie, soit par leurs victoires,
soit par leur commerce, ils en prirent les mœurs et les
coutumes. Dès ce moment, on vit servir les bois les plus
précieux à la fabrication des tables : le citronnier, le cèdre
et une infinité d'autres bois odoriférants y furent donc
employés; alors, il n'était pas rare de voir ces tables ornées
de pieds d'ivoire, et de lames d'or ou d'argent. On porta
si loin le luxe à cet égard qu'on ne se servait pas de
nappes; on nettoyait les tables avec une éponge. Ce que
je viens de dire des Grecs, peut s'appliquer aux Romains
qui les surpassèrent même en ce genre. Pour terminer sur
ce sujet, je dirai que les anciens avaient une grande véné-
ration pour leurs tables à manger, et se seraient crus
indignes de la faveur des Dieux s'ils les avaient profanées.
C'était surtout au moyen des repas qu'on exerçait l'hos-

pitalité; c'était sur les tables qu'on offrait des libations aux divinités païennes, et enfin, c'était aussi en touchant les tables que les anciens prêtaient serment.

Pendant cette conversation, on avait mangé le potage; on donna de nouvelles assiettes aux convives, et l'on apporta le filet de bœuf piqué. M. Brillant, que l'on servit le premier, fit par politesse quelque difficulté pour accepter, et ne céda aux instances de M. Martin que lorsque ce dernier lui eut dit : « Il faut toujours accepter l'assiette que passe un voisin : les cérémonies ne servent qu'à faire refroidir le morceau. » A la suite de cet incident, M. Grimardias, convaincu qu'on l'écouterait encore avec plaisir, reprit la parole :

— Savez-vous, Messieurs, qu'il n'y a pas très longtemps que nous nous servons d'assiettes? Autrefois, des tranches de pain coupées en rond en tenaient lieu.

— Qui nous le prouve? demanda M. Maigret.

— La description du sacre de Louis XII, répliqua M. Grimardias; on y lit que le morceau de pain, servant d'assiette, a été donné aux pauvres après le repas. A cette époque, on mangeait du pain sans levain; on le coupait pour en former des *tranchoirs*, et quand ils étaient imprégnés de sauce et de suc de viande, on les mangeait aussi.

— A qui devons-nous le pain, demanda le rentier?

— Il est probable que c'est aux Orientaux, répondit le savant; mais il est certain qu'ils faisaient cuire le leur sous la cendre. On lit dans la Bible que c'est ainsi que Sara le prépara en attendant la visite des anges. Quelques siècles après, les Hébreux avaient des petits fours portatifs.

— Pour ce qui est du levain, dit le docteur, bien que les Gaulois se servissent de levûre de bière comme ferment, ce qui est le même procédé employé de nos jours, on eut beaucoup de mal en France à faire adopter cette méthode. Ainsi, lorsqu'au XVIe siècle on voulut se servir de levain, les médecins s'y opposèrent, et un arrêt du Conseil l'interdit en 1669 ; ce ne fut qu'un an après qu'on révoqua cette ridicule sentence. Au XVIIIe siècle, l'avocat Linguet — j'en demande pardon à notre ami Patelin — osa soutenir de nouveau que le levain contenait du poison.

— Alors, il est certain, répliqua M. Martin, que les anciens mangeaient aussi du pain.

— Oui, répondit le savant, Athénée cite les deux citoyens qui ont apporté le pain en Grèce ; les Béotiens leur ont élevé des statues. Les Grecs connaissaient même soixante-douze espèces de pains.

— Sans doute qu'il y avait bien un peu de pâtisserie dans ce nombre? demanda M. Brillant.

— Vous allez en juger, messieurs ; car je crois avoir dans mon portefeuille une note à ce sujet.

Le savant retira son portefeuille, remit ses lunettes, avec une lenteur désespérante, prit au milieu d'autres papiers une note griffonnée, et lut à ses auditeurs une nomenclature dans laquelle il cita depuis le pain sans levain ou *Azyme* des Juifs jusqu'à la chapelure elle-même.

Ce qui fit plaisir à M. Brillant, c'est que parmi toutes ces différentes espèces de pains, M. Grimardias en indiqua qui ne se composaient que de lait et de miel, et qu'il nomma diverses sortes de biscuits.

D'un ton aimable, il s'adressa à notre savant, et lui dit :

— Dans ce que vous venez de lire il y a en effet beaucoup de choses qui m'eussent convenu.

— Alors, vous auriez rendu justice à Théarion, car c'est lui qui, en Sicile, a perfectionné l'art de fabriquer le pain.

— Les Romains le connaissaient-ils? demanda l'homme de lettres.

— Certainement. Ce que Pline appelle *panis parthicus*, n'était autre chose que le *pain mollet* que les Romains avaient reçu des Parthes. Jusqu'à ce moment ils ne consommaient que du *pain d'orge*, qu'ils réservèrent alors pour ceux qu'ils voulaient corriger de leur paresse. Il paraît même que les anciens Romains ressemblaient aux enfants de notre temps : ils n'aimaient pas le pain sec. Suétone nous apprend que Marcus Marcellus punit de cette façon les soldats qui s'étaient laissé vaincre à Cannes.

— Quelle triste punition ! dirent ensemble les cinq autres gourmands, au milieu desquels on entendait la voix glapissante de M. Brillant.

— Les Romains connaissaient aussi le *pain d'épice*, ajouta le savant, car au commencement d'un repas de noce, on en présentait un morceau aux jeunes mariés, en leur disant que ce pain leur apprenait « qu'ils devaient être unis comme les grains de froment qui avaient servi à le fabriquer. »

— Les anciens avaient-ils des ouvriers boulangers? demanda à son tour M. Martin.

Le savant tira de nouveau son portefeuille, et répondit : « Voici ce qu'on trouve à ce sujet dans le *Nouveau Recueil des Antiquités grecques et romaines* :

» Dans les premiers temps, les Grecs et les Romains préparaient eux-mêmes tout ce qui concernait leur nourriture. C'étaient les femmes qui faisaient le pain pour leur maison. Elles écrasaient le blé dans un mortier avec un pilon, pour en tirer la farine. Le pain se cuisait dans le foyer; l'usage des fours était inconnu.

» Les boulangers passèrent d'Asie en Grèce, et de Grèce en Italie. Mais ce ne fut qu'après la guerre de Macédoine contre le roi Persée, qu'on vit à Rome, pour la première fois, des boulangers publics, c'est-à-dire vers l'an 580 de la fondation. Avant qu'on eût inventé les moulins à bras, les boulangers pilaient le froment dans des mortiers; c'est pour cela qu'ils étaient appelés *Pistores*, de *pinsere*, broyer, piler. Depuis que les meules furent en usage, on les fit tourner par des esclaves ou par des ânes, auxquels on bandait les yeux.

» Aux boulangers Grecs qui vinrent s'établir à Rome, on joignit plusieurs affranchis : on en fit un corps dont ni eux ni leurs enfants ne pouvaient se séparer. Leurs biens étaient en commun, ils ne pouvaient en disposer. On les avait distribués dans les quatorze quartiers de Rome. Chaque boulangerie était sous la direction d'un patron qui en avait l'intendance; et afin que l'honneur et la probité se conservassent dans le corps, il leur était défendu de s'allier avec des comédiens et des gladiateurs. »

— Tout ce qu'on vient de lire, est exact, ajouta M. Patelin, et l'on accorda même plusieurs priviléges aux boulangers; on leur donnait des exemptions de tutelle, de curatelle, ou de toute autre fonction qui pouvait les distraire de leur travail. Au moyen âge, les boulangers de Paris devaient offrir annuellement au roi un

2

muid de vin; mais il paraît que pour qu'il leur coûtât moins cher, ils ne donnaient que de la piquette, car à la suite de nombreuses discussions entre les boulangers et les échansons, Philippe-Auguste consentit à accepter dix sous parisis à la place de l'ancienne redevance.

M. Grimardias faisait certes honneur à un bon dîner; mais il était doué en même temps d'une intempérance de langue qu'il eût été difficile de calmer. Son ami Patelin l'avait tenté sans résultat, et bien que ce dernier connût tous les secrets de l'art oratoire, il s'avouait toujours vaincu devant la loquacité du savant, qui reprit immédiatement la parole :

— Messieurs, dit-il, nous avons oublié de nous entretenir sur une chose essentielle : le *blé*. Permettez-moi de vous en dire quelques mots. En l'an du monde 2883, Dio, reine de Sicile, donna à ses sujets les procédés pour semer, récolter et moudre le blé; elle instruisit Triptolème, et en souvenir de ce bienfait, on la divinisa après sa mort sous le nom de Cérès.

Les dames romaines célébraient sa fête en habits blancs pour représenter le deuil de la déesse lorsque Pluton eut enlevé sa fille. Courant dans les rues de Rome avec des torches allumées, elles imitaient ainsi les longues courses que Cérès avait faites pour retrouver Proserpine. Les jours des fêtes des *Céréales* il était défendu de manger avant la nuit, et ceux qui voulaient pénétrer dans le temple de Cérès s'y préparaient par de nombreuses purifications. Au reste, le nom de Cérès signifie *blé moulu*.

—Je croyais que le mot *blé* venait d'un vieux mot latin, *bladum*, qui dans l'antiquité signifiait fruit ou semence.

—C'est possible, reprit M. Grimardias, car on n'est pas

d'accord sur l'origine du *blé ;* quelques auteurs soutiennent qu'il vient d'Égypte, d'autres de la Tartarie, et Pallas et Bailly affirment qu'il croît sans culture en Sibérie. Ce qu'il y a de positif, c'est que les Phocéens ont apporté du *blé* à Marseille longtemps avant que les Romains eussent passé dans les Gaules. On affirme aussi que les blés d'Europe sont originaires du nord de la Perse et de l'Inde. On raconte même qu'avec Fernand Cortez se trouvait un esclave noir qui, le premier, cultiva le froment dans la Nouvelle-Espagne (Mexique) ; cet esclave en aurait découvert trois grains au milieu du riz qu'on avait emporté pour les soldats espagnols.

— Sait-on, dit le rentier, à qui nous devons les *moulins à eau ?*

— Non pas précisément ; on croit cependant qu'ils furent d'abord construits par Bélisaire, lors du siége de Rome par les Goths, et qu'il en existait en Italie sous Jules César ; on ne les employa en France qu'en 1040. Quant aux premiers *moulins à bras,* qui précédèrent ceux dont nous parlons, ils sont dûs aux Égyptiens, quoique certains auteurs en attribuent le mérite à Myletas, deuxième roi de Lacédémone, qui vivait en l'an 2590.

— Je me permettrais une dernière question, ajouta M. Martin, si je ne craignais d'abuser de votre complaisance. Je voudrais savoir à qui nous devons les *fours à pain ?*

— A Numa, répondit le savant, qui pour en faire adopter l'usage dit à ceux qu'il gouvernait, que cette invention était due à une divinité que les Romains adorèrent sous le nom de *Dea fornax*, et en l'honneur de laquelle ils instituèrent une fête.

Il y eut après ce dialogue un moment de repos, pendant lequel nos six gastronomes mangèrent avec un appétit qui causait un plaisir extrême à leur amphitryon. M. Martin, non moins émerveillé du savoir de ses convives, voulut leur prouver qu'il n'était pas tout à fait ignorant :

— J'ai lu, dit-il, que les premières *serviettes* françaises ont été fabriquées à Reims, et que les bourgeois de cette ville les avaient offertes à Charles VII le jour de son sacre.

— Mais avant cette époque, comment s'essuyait-on la bouche? demanda timidement M. Brillant, qui, ainsi que Tapagini, s'était jusque-là contenté de manger avec modestie et simplicité, comme il convient aux grands hommes.

— Messieurs, on se servait de la *nappe*, répondit M. Grimardias; elle était assez grande pour que les convives pussent l'étendre sur leurs genoux. Il est même assez singulier qu'en France on n'ait pas plus tôt employé les *serviettes*, car elles étaient connues des Romains, qui les nommaient *mappa*. Lorsqu'on allait dîner en ville on faisait apporter sa serviette par un esclave ; on mettait dedans diverses parties du souper, et l'esclave la remportait. On pouvait même, au milieu du repas, envoyer quelques friands morceaux à sa femme ou à son ami, et cette coutume était appelée *partes mittere*. Sous Auguste, chaque invité en apportait une avec lui. Deux poëtes, Catulle et Martial, se plaignent de ce que des parasites leur ont enlevé la leur. « Personne, dit Martial, n'avait apporté la sienne, parce qu'on craignait les ongles crochus d'Hermogène, qui ne s'en alla pas pour cela les mains vides : il trouva moyen d'escamoter la nappe. » Au moyen âge, cette dernière s'appelait *doublier*, et Henri III, voulant que sa table fût ornée avec art, exigea qu'on brodât et qu'on plissât les siennes, afin qu'elles ressemblassent aux fraises que les seigneurs portaient à leur cou. Au temps de la chevalerie....

La phrase du savant fut interrompue par les éloges que l'on donna au filet de bœuf. Néanmoins M. Grimardias, qui avait une mémoire excellente, n'oublia pas ce qu'il avait commencé, et reprit la parole :

—Au temps de la chevalerie, dit-il, si un prince appre naît qu'un chevalier eût manqué aux lois de l'honneur, il l'invitait à dîner dans son château. Vers le milieu du repas, un héraut d'armes se présentait et *coupait la nappe*, en déclarant que ce chevalier était félon. Le coupable ne pouvait alors se réhabiliter que par quelque action d'éclat. Je me rappelle fort bien avoir lu dans les ancien- nes chroniques qu'un jour Charles VII donnant un repas à ses vassaux, un héraut d'armes *coupa la nappe* de- vant Guillaume de Hainaut, en disant : « Un comte qui n'est pas armé ne peut dîner avec le roi. — N'ai-je pas la lance et l'écu ? repartit vivement le comte.— Si cela était, répliqua le héraut, les Frisons qui ont assassiné votre oncle ne seraient pas restés impunis. » Guillaume baissa les yeux, promit de venger la mort de son parent, et tint parole.

—Ce filet est délicieux, exclama Tapagini, et le *beurre* avec lequel on l'a accommodé est d'un goût exquis.

M. Maigret avait grande envie de parler, mais le savant l'en empêcha :

—Les anciens, dit-il, ont été bien longtemps avant de reconnaître les qualités du *beurre*, et les Grecs eux-mêmes

2.

l'ont dédaigné pendant plusieurs siècles. Aristote n'en parle que comme d'une huile liquide....

— Et Pline que comme d'un médicament, dit enfin le docteur.

— Sans les Parthes, qui apprirent aux Grecs à utiliser le *beurre* au profit de leur cuisine, jamais ces derniers ne l'auraient connu.

— Permettez-moi, monsieur Grimardias, ajouta le docteur qui tenait décidément à dire quelque chose, de vous apprendre que l'École de Salerne interdisait le *beurre* aux fiévreux.

— Je le sais, répondit le savant; mais laissez-moi continuer. Vous avez tous probablement vu la magnifique cathédrale de Rouen, et vous savez que sa tour la plus belle est appelée la *Tour du beurre*. C'est qu'en effet elle a été bâtie avec les deniers provenant des dispenses qu'on accorda à ceux qui, pendant le carême, voulurent faire usage du *beurre*, considéré alors comme gras.

A ce moment, M. Martin, par un mouvement involontaire, renversa le *sel* sur la table et laissa tomber son *couteau*. Il était honteux de ces deux accidents; mais M. Grimardias ramassa le couteau, et le lui remettant avec courtoisie :

— Voici, dit-il, un instrument dont nous ne pouvons connaître l'origine; tous les poëtes, tous les historiens nous en parlent; et s'il a rendu de grands services, il a servi aussi à commettre bien des crimes. Le croirait-on, cependant, en France l'usage du *couteau* ne s'est véritablement propagé qu'à partir du xe siècle, époque à laquelle on établit à Beauvais une fabrique de *coutellerie*. Et, ce qui n'est pas moins surprenant, c'est que jusqu'au vi⁰ siècle, dans nos campagnes, même chez les riches, on ne se servait pas toujours de *fourchettes :* on mangeait avec ses doigts ou avec la pointe du *couteau.*

M. Martin n'avait presque rien entendu des dernières paroles du savant ; obéissant à une idée superstitieuse, il ramassait le *sel* qu'il avait renversé. Il était visiblement contrarié, et pour tout au monde il eût désiré que ce malheur n'arrivât pas. M. Patelin ayant remarqué son émotion, lui dit :

—Ne vous tourmentez donc pas, mon cher monsieur Martin, le *sel,* en France, n'est pas aussi cher qu'en Chine, où le code pénal punit de cent coups de bâton et de trois années de bannissement celui qui en vend sans autorisation.

—Nous ne sommes pas non plus en Sénégambie, ajouta le docteur, où le sel est tellement rare, tellement recherché, que lorsque les enfants de ce pays peuvent trouver un morceau de *sel gemme,* ils le sucent avec autant de bonheur que les nôtres en éprouvent à croquer un sucre d'orge.

— Vous ne me ferez certes pas l'injure de supposer, messieurs, que c'est à cause de la dépense que je regrette d'avoir renversé du *sel,* dit le rentier ; mais j'ai toujours remarqué que c'était un funeste présage.

— Cette superstition nous vient pourtant des Romains, continua M. Grimardias. Ils plaçaient sur leurs tables des espèces de statuettes représentant les dieux, et les mettaient à côté de la *salière.* Le *sel* était considéré par eux comme une chose sacrée, et si l'on en renversait, tous les convives étaient aussi effrayés que l'est notre ami en ce moment.

— Pour moi, dit le docteur, je partage l'opinion de Jean de Milan :

Sur la table, outre la saucière,
Ayez devant vous la salière.
Toute viande sans *sel* n'a ni goût ni saveur.

— Si votre *salière*, ajouta M. Grimardias, eût ressemblé à celle dont parle Grosley (1) dans ses *Éphémérides Troyennes*, vous ne l'eussiez peut-être pas renversée. Il paraît qu'un chanoine ayant commis quelque méchanceté à l'égard de François Gentil, artiste du XVIe siècle, celui-ci s'en vengea en sculptant sur une *salière* la caricature de ce prêtre, et qu'il réussit même au delà de son intention.....

— Il est probable que ce chanoine, donnant à dîner, n'aura pas invité l'artiste, dit M. Brillant, en interrompant le savant convive, qui reprit aussitôt :

— La *salière* citée par Grosley est de la même époque que les *Hannouars* ou *porteurs de sel*. Cette corporation avait le droit de porter le corps des rois défunts depuis Paris jusqu'à Saint-Denis, et c'est par elle que Charles VI, Charles VII et Henri IV..... furent conduits à leur dernière demeure.

— Cela n'a pas lieu d'étonner, fit observer M. Maigret, puisqu'on avait perdu le secret de l'embaumement, et que pour conserver les corps on les coupait par morceaux, on les salait et on les faisait bouillir. On peut croire que les *Hannouars*, chargés de ce triste soin, ont obtenu comme une sorte de récompense de porter les corps des rois défunts à leur demeure éternelle.

(1) Ce savant et ingénieux Troyen, ainsi que l'appelait Voltaire, est aussi l'auteur d'une plaisante dissertation ayant pour titre : *Est-il bon de battre sa maîtresse?* Nous allons la publier prochainement.

(Note de l'éditeur.)

— Il y avait, poursuivit M. Grimardias, un autre usage bizarre qui se renouvelait chaque fois qu'un roi mourait en France. On ne faisait ses funérailles que quarante jours après sa mort; et pendant tout ce temps on exposait son image en cire sur un lit de parade. Le corps véritable était placé en dessous dans un cercueil de plomb. On continuait de servir le monarque défunt comme s'il existait encore, et la table était bénite à chaque repas par un prêtre. On lui présentait le bassin avec un grand sérieux pour qu'il se lavât les mains, ainsi que la serviette. Le pannetier, l'échanson et le maître-d'hôtel goûtaient aux aliments qu'on lui servait, et les trois services avaient lieu absolument comme si le roi eût été doué d'un excellent appétit. Seulement après les *grâces* on disait le *De profundis*.

L'arrivée d'un énorme *brochet* interrompit la conversation. Les justes louanges dont il fut l'objet firent oublier à M. Martin qu'il avait renversé du sel, et il prit la parole.

— Ce qui, messieurs, m'a suggéré l'intention de vous offrir ce poisson, c'est que j'ai lu qu'en 1497 on avait pêché à Kayserlautern, dans le Palatinat, un *brochet* de six mètres trente centimètres de longueur, pesant cent cinquante kilogrammes. Je ne l'affirme pas, mais un historien, dont je ne me rappelle plus le nom, dit que ce *brochet* était âgé de deux cent soixante-sept ans, et que l'empereur Barberousse, respectant son grand âge, le fit généreusement remettre dans l'étang où on l'avait pêché.

Un sourire d'incrédulité erra sur les lèvres de tous les convives; seulement, aucun ne voulut par politesse déclarer hautement à un homme qui les traitait avec une telle munificence, qu'il avait lu cette anecdote dans quelque almanach liégeois. On lui eût cependant rendu service, car notre rentier, tenant à prouver qu'il n'était pas indigne de figurer dans une aussi savante société, raconta encore l'anecdote suivante :

—Dans une île de l'Archipel, nommée Athéna, il y avait un lac où les *maquereaux* étaient d'une abondance prodigieuse..... Mais, si vous le permettez, je préfère lire la note que j'ai copiée, ajouta le rentier.

Nous devons dire que, véritable Sosie de M. Grimardias, M. Martin garnissait ses poches de toutes sortes de petits bouts de papier sur lesquels se trouvaient écrites, en ronde d'une grande beauté, des notes sur l'art culinaire. Chacun baissa la tête en signe d'assentiment, et M. Martin se mit à lire ce qui suit :

« ..... Les pêcheurs de cette île avaient habitué, par je ne sais quel artifice, un certain nombre de ces poissons à venir deux fois par jour recevoir de leurs mains la pâture. Reconnaissants de ce bienfait, ces poissons ainsi apprivoisés, passant du lac dans la mer, rassemblaient un grand nombre d'autres poissons sauvages de la même espèce, et les attiraient vers le bord du lac; ils les environnaient même pour les empêcher de s'écarter, et de cette façon la pêche devenait très abondante. Après ce manége, ils retournaient promptement au port attendre, pour récompense du service rendu, le souper que les pêcheurs ne manquaient pas de leur donner. »

Les cinq auditeurs ne parurent pas plus satisfaits de cette seconde narration que de la première. M. Patelin osa même dire avec malignité :

— Cette anecdote serait très bien placée dans la *Morale en action.*—Après cette parole hardie, il y eut un moment

de silence qui menaçait de se prolonger, et sans la poularde, le quartier de chevreuil et le riz de veau qu'on
mit sur la table, nos gastronomes, profondément affligés
de la naïveté crédule de M. Martin, n'auraient pu s'empêcher de lui en témoigner leur étonnement. Par bonheur,
M. Grimardias ne laissa pas tomber la conversation :

— Remercions notre hôte d'avoir si bien deviné nos
goûts, reprit l'auteur de l'*Alimentation anté-diluvienne* : il
connaît sans doute les paroles de Denis le Tyran avant
qu'il fût pédagogue : « Le cuisinier doit faire son repas
selon le goût des convives ; car s'il n'a pas préalablement
médité sur la manière dont il doit tout préparer, sur le
moment et l'étiquette du service, s'il n'a pas pris toutes
ses précautions à ces différents égards, ce n'est plus un
cuisinier, c'est un *fricoteur*. » Et certainement il a lu
ce passage d'Hégésippe : « ...... Si je parviens jamais
à me procurer tout ce qui m'est nécessaire, tu verras se
renouveler l'histoire des sirènes. Personne ne pourra plus
quitter la salle du banquet ; les convives seront retenus
captifs par les vapeurs embaumées des mets, et celui qui
voudrait sortir resterait bouche béante, comme cloué à la
porte, à moins qu'un ami, se bouchant bien les narines
de peur d'être séduit lui-même, n'accourût l'en arracher.»
Avouons, messieurs, que nous serions bien malheureux,
si des hommes de génie n'avaient pas consumé leurs
veilles, épuisé leurs facultés pour préparer nos aliments...
Comment mangerions-nous ?

A ce passage de son discours, notre savant était réellement animé du feu de l'enthousiasme ; son auditoire re-
doutait bien un peu la longueur de sa péroraison : mais
comment interrompre un homme qui parlait avec une telle

conviction? Cela n'eut pas lieu, car c'était impossible.

— Oui, honneur! trois fois honneur à Vatel, à Carême et à tous leurs devanciers! reprit M. Grimardias. Rendons hommage à Taillevent, ce célèbre cuisinier qui, existant sous Charles V et Charles VI, à l'enfance de l'art culinaire, n'en a pas moins fait des prodiges gastronomiques et sut admirablement fabriquer l'hypocras. Soyons équitable à l'égard de Platine, écrivain latin du xvᵉ siècle, qui, ainsi que Taillevent, a laissé les noms des ragoûts et des sauces de son temps : brochet à l'*eau bénite*, gibier au *saupiquet*, au *mostahon*, volaille à la *poitevine*, à la *dodine*, à la *rappée*, etc.; et surtout bénissons le nom de Gonthier, qui a inventé sept coulis, neuf ragoûts, trente et une sauces et vingt et un potages! Oui, je comprends ces traits sublimes rapportés par l'histoire : j'admire ce sénateur romain donnant une gratification de quatre talents à son cuisinier ; je rends justice à la générosité d'Antoine, qui, offrant à souper à Cléopâtre, et voyant que cette femme adorée était ravie des mets qu'on lui présenta, fit venir son cuisinier et lui donna une ville pour récompense. Comment ne pas s'extasier devant le talent de ce cuisinier grec, nommé Trimalcion, lorsqu'on sait que cet artiste, manquant de poisson d'un prix élevé, accommodait des poissons communs de manière à tromper les gastronomes les plus exercés!...

— Vous me permettrez de vous faire observer, dit l'avocat, que tout en rendant justice au talent de Trimalcion, je suis content que ce grand homme n'ait pas existé en France et de nos jours ; car il risquerait d'y être condamné par la sixième chambre, qui quelquefois ne plaisante pas en matière de fraude. J'ai encore perdu un procès ce matin.....

Cette interruption contraria M. Grimardias; cependant il répondit :

— Un homme comme Trimalcion n'eût pas été condamné; il eût eu de trop puissants protecteurs, lesquels auraient assurément donné raison à cet axiome de Ménandre : « Personne n'a jamais injurié un cuisinier. Notre art est en quelque sorte sacré. » Et, si cela ne suffisait pas, je citerais l'opinion de M. Henrion de Pansey, qui a sérieusement affirmé que les sciences ne seront suffisamment honorées et convenablement représentées que lorsqu'un cuisinier siégerait à l'Institut.

On apporta un gâteau dont la circonférence et l'épaisseur eussent réjoui la vue de Gargantua. Le désir d'obtenir la fève s'empara de l'esprit de nos six gourmands, quoique cependant personne n'osât le manifester. C'était pour M. Grimardias une admirable occasion de déployer son érudition immense : aussi n'y manqua-t-il pas.

—Cette coutume est bien ancienne, dit-il; l'usage de *tirer les rois* vient des Perses ; les Grecs le leur empruntèrent, et les Romains imitèrent ces derniers. Aucun de nous ne regrettera, je pense, cette affreuse coutume qui, chez ce dernier peuple, consistait à donner la fève à un malheureux esclave, à lui rendre tous les honneurs possibles, et à pendre ensuite cet infortuné roi d'un jour. L'Epiphanie, nommée autrefois *Théophanie*, était célébrée dans les Gaules au IVe siècle. Ammien Marcellin nous rapporte que le jour de cette fête, Julien, dit l'Apostat, n'osa manquer d'assister à l'office religieux; il est vrai qu'il ne s'était point encore déclaré contre la religion chrétienne. Je n'ai pas besoin d'ajouter que le mot *Epiphanie* signifie *apparition*, et que c'est le jour où le Christ se montra aux Gentils, et où les rois vinrent l'adorer et s'inclinèrent devant la croyance nouvelle. Les Anglais appellent cette fête, la douzième nuit (*the twelth night*). En Ecosse, on a encore mieux conservé le souvenir de la tradition; car, au lieu de mettre une fève dans le gâteau, on y place un peu de myrrhe, un grain d'encens et une pièce d'or.

— Dans quelques villages de notre province, ajouta M. Brillant, l'Epiphanie donne lieu à des coutumes singulières, mais empreintes d'un certain caractère poétique. Ainsi, dans nos campagnes, les enfants courent pendant la nuit en agitant des branches d'osier sec qu'ils ont allumé. De loin, on pourrait prendre ces brandons pour des feux follets. En Normandie, le plus jeune des enfants fait le tour de la table et distribue à chacun sa part de gâteau......

— Cette habitude existe partout, objecta M. Grimardias.

— Oui, reprit l'homme de lettres; mais ce qu'on ne voit qu'en Normandie, c'est que celui qui conduit l'enfant tient, au-dessus du plat recouvert par une serviette, une salière entièrement pleine.

M. Martin poussa un gros soupir, en pensant que si ces enfants manquaient d'attention, ils devaient, en renversant le sel, attirer sur leurs parents d'épouvantables malheurs.

Quant à M. Brillant, il tint à poursuivre le récit qu'il avait commencé:

—La veille de l'Epiphanie, dit-il, un souper aussi succulent que le permet la fortune de celui qui le donne, a

lieu chez presque tous les habitants de la Beauce, et le
vieillard le plus respecté en est le président. Avant de
couper le gâteau, un jeune enfant monte sur la table, et
quand les parts sont faites, le président dit à haute voix :
Fébé (la fève) ; l'enfant répond : *Domine*. Le vieillard
ajoute : *Pour qui?* L'enfant répond : *Pour le bon Dieu*. On
garde cette première part pour les pauvres qui la deman-
deront. Je me souviens même d'un couplet que chantent
ces pauvres, attendant à la porte et regardant à travers
les carreaux si le moment est venu de se faire entendre.
Quoiqu'il n'y ait pas de rimes à ces vers, l'expression
en est naïve :

> Honneur à la compagnie
>   De cette maison.
> A l'entrée de votre table,
>   Nous vous saluons.
> Nous sommes venus d'un pays étrange
>   Dedans ces lieux ;
> C'est pour vous faire la demande
>   De la part à Dieu.

Puis à la fin de chaque strophe, ils se mettent à crier
d'un ton lamentable : *La part à Dieu, s'il vous plaît*.

— Sauf le couplet que vous venez de nous réciter, répliqua M. Grimardias, je ne vois rien autre chose, dans ce qui
précède, que le souvenir de la tradition païenne. Au reste,
les fêtes chrétiennes la reproduisent souvent. Ainsi, chez
les Romains, à l'époque des Saturnales, on distribuait des
parts de gâteau, comme nous allons le faire tout à l'heure,
et l'on invoquait Apollon, en disant : *Phœbe Domine*, ce
qui signifiait : « Seigneur Phébus, guidez le sort, faites
qu'il donne la fève au plus digne, » et les convives répé-
taient en chœur : « *Phœbe Domine*. »

— Messieurs, dit le rentier, avant de manger le gâteau, je crois que nous devrions boire un coup de ce vieux Malaga.

— D'autant plus, reprit le savant, que nous avons des *verres*, et que nous ne boirons pas dans le crâne de notre père ou dans celui de notre ennemi, ainsi que le faisaient les Gaulois. Je trouve même le *verre* plus commode que la corne de bœuf sauvage (*urus*), dont se servaient les Francs. Cependant il est une coutume que je regrette : c'était de boire tous dans la même coupe en signe d'union et d'amitié; je parle de la France, car en Allemagne et en Belgique, on boit souvent dans un seul verre. En Angleterre, l'usage de la *coupe* subsiste encore pour les banquets et les festins solennels. On met dans un grand vase d'argent quelques gouttes des vins et des liqueurs qu'on a bus pendant le repas ; puis, on présente cette *coupe* à chaque convive qui y porte les lèvres, essuie avec un linge de fine mousseline la place où il les a posées, et passe ensuite la *coupe* à son voisin. Tous les convives restent debout pendant que la *coupe* se vide, et cette cérémonie a un caractère religieux compris de tous les invités. Si je ne me trompe, cette coutume anglaise doit encore être un souvenir de l'antiquité ; car, chez les Grecs, on apportait une *coupe* au commencement du souper, chaque convive la portait à sa bouche, et ce premier coup bu par toute l'assemblée, était un symbole de l'amitié qui devait unir tout ceux qui en faisaient partie (1).

---

(1) Sous le titre pompeux d'*Éloge de Jean Raisin et de sa bonne mère la vigne*, nous publions en ce moment un joli volume rempli de faits curieux et d'anecdotes piquantes, et contenant tout ce qui s'est dit, écrit et chanté de plus remarquable sur la *dive bouteille*, depuis le

— Sait-on, demanda M. Brillant, depuis quelle époque on connaît les *verres*?

— Les opinions sont partagées à cet égard, répondit M. Grimardias : quelques historiens croient que la fabrication du verre a été trouvée sous le règne de Saül, et soutiennent que Salomon a connu les *verres à boire*. D'autres prétendent qu'ils ont été connus mille ans avant Jésus-Christ. Ils disent que des marchands de nitre traversaient la Phénicie, et qu'ayant faim ils firent cuire leurs aliments aux bords du fleuve Bélus. Pour élever leurs trépieds, ils placèrent dessous des morceaux de nitre qui s'embrasèrent, se fondirent, et formèrent de petits ruisseaux d'une liqueur qui, se figeant peu de temps après, leur indiqua la manière de fabriquer le verre. Vous savez que ce n'est guère qu'au xviie siècle, que l'usage des *verres* s'est répandu en France, puisqu'au xvie on ne les voyait paraître que dans les fêtes solennelles.

A la suite de cette dissertation, on but un verre de vin de Malaga, et M. Tapagini, étant le plus jeune de la société, distribua les parts de gâteau. Contre l'attente générale, on n'y trouva pas de fève, ni même rien qui pût en remplir l'office.... Nos gastronomes se regardèrent d'abord

---

déluge jusqu'à nos jours. Ajoutons que, loin d'approuver l'ivresse, l'auteur s'est, au contraire, inspiré de cette sage et judicieuse sentence de l'Ecclésiaste : *Paucula non lædunt pocula, multa nocent* ; et que c'est en compagnie de tous les prosateurs et de tous les poëtes :

> Qui depuis trois mille ans et jusques à nos jours
> Ont chanté le bon vin, Comus et les Amours,

que M. Adolphe Ricard disserte dans plus de 200 pages sur le jus de la treille, sur son histoire, son culte, ses adorateurs, sa poésie, sa gloire et ses mérites.   (*Note de l'éditeur.*)

avec un grand sérieux mêlé de tristesse, qui se transforma promptement en un éclat de rire homérique.

M. Martin ne riait pas, lui; sa situation était critique,
embarrassante, sa douleur profonde, et il se souvenait
du sel qu'il avait renversé. Ce qui mettait encore son esprit à la torture, c'est que sa part de gâteau semblait avoir
été entamée : comment? par qui? notre rentier ne pouvait
le savoir et ne l'apprit que le lendemain. Nous qui tenons à ne rien laisser dans l'obscurité, nous allons faire
connaître la cause de cette malencontreuse aventure.

Le gâteau aurait dû être servi immédiatement après le
potage; mais le pâtissier se trouva en retard, et notre
amphitryon, séduit par les discours de M. Grimardias,
oublia à son tour de le faire servir. La cuisine resta
quelques instants déserte; un maudit chat s'y introduisit,
et n'ayant pas le loisir de choisir la place, se mit à
grignoter à l'endroit de la fève. Surpris par la domestique,
il se sauva sur les toits, où pour punition de ses méfaits
on le trouva le lendemain étranglé par la fève qui était
obstinément restée dans son gosier. Pour comble de malheur, on entendait un marchand, crier à tue-tête dans la
rue : *Tirez la fève, croquez la fève, mangez la fève.* « Le
sort se joue de moi, pensait M. Martin; on dirait que ce
marchand est le complice de cet infernal pâtissier, » et
il poussait des soupirs à fendre le cœur de tout homme
sensible. Mais revenons à nos autres gastronomes.

Après une série d'épithètes peu charitables adressées
au pâtissier qui avait abusé de la confiance qu'on avait
mise en lui, M. Maigret prit la parole :

— Messieurs, dit-il, aucun de nous ne peut rendre
M. Martin responsable de l'erreur d'un homme qui de-

vrait être déchu de ses nobles fonctions de pâtissier.....

— Oui, il devrait être puni, s'écrièrent à la fois l'avocat, le compositeur et l'auteur de l'*Homme tranquille*.

— Néanmoins, reprit le docteur, je dois déclarer que je suis venu ici avec la ferme résolution de vous inviter tous à dîner, si j'avais le bonheur d'obtenir la fève. Eh bien! je persiste, malgré l'accident qui est arrivé ce soir, et je vous convie tous à venir chez moi, le mardi gras prochain, à cinq heures de l'après-midi.....

Une douce espérance ranima le cœur de nos cinq gourmands, et M. Martin lui-même ne put s'empêcher de la partager. M. Brillant, qui n'était pas moins flatté que les autres, remercia le docteur en lui disant :

— Ce trait d'urbanité honore votre caractère, monsieur, et l'histoire en a souvent consigné dans ses fastes qui ne sauraient lui être comparés. Recevez, au nom des personnes ici présentes l'expression des sentiments que... qui... Il fut impossible à l'orateur d'achever sa phrase; l'émotion lui coupa la voix, à ce point que Tapagini, parlant tout bas à M. Patelin, lui dit : — M. Brillant paraît bien ému; aurait-il, par hasard, plus fêté Bacchus que Comus? — Cela lui arrive quelquefois, » répondit l'avocat.

— C'est à moi de vous remercier tous, reprit M. Maigret, car votre présence chez moi sera un honneur dont je tâcherai de ne pas me rendre indigne. Si vous le permettez, je vous ferai même lier connaissance avec quelqu'un qui ne partage pas nos opinions sur la science *phagotechnique*, et qui nous condamne ouvertement en disant que nous perdons notre temps à de ridicules futilités. Il cherchera peut-être, je vous en préviens,

à vous convertir à ses doctrines; mais votre bienveillance lui pardonnera ses erreurs, et je compte sur le savoir de M. Grimardias, sur la bonté de M. Martin, et sur
les qualités qui vous distinguent tous, messieurs, pour
contribuer à remettre mon ami dans la bonne voie.

A cet instant de leur causerie, il s'en fallait de très peu
que la réunion de nos gastronomes ne se transformât en
société d'admiration mutuelle; il est vrai qu'elle eût eu
cela de commun avec beaucoup d'autres.

Tous les convives applaudirent chaleureusement aux
derniers mots prononcés par le docteur, et ils allaient se
séparer, lorsqu'on entendit les sons d'un *cor de chasse* qui
par parenthèse jouait horriblement faux. M. Grimardias
ne voulut pas laisser une si belle occasion de justifier les
éloges que le docteur venait de lui donner :

—Cet instrument, dit-il, me fait souvenir qu'au moyen
âge le *cor* marquait la noblesse et le droit de chasse ;
mais, chose plus intéressante encore, il servait aussi à
annoncer aux convives d'un repas qu'ils devaient se laver
les mains; lorsqu'il sonnait à cette occasion, on appelait
cela *corner l'eau*, et les dames trempaient leurs doigts
dans de l'essence de rose. Seulement, il y a quelques siècles, le *cor* indiquait le commencement du dîner, et nous
sommes à la fin.

Le *cor* continuant à sonner aussi faux que précédemment, ce qui agaçait les nerfs de Tapagini, et la table se
trouvant dégarnie, les cinq gourmands quittèrent M. Martin en le remerciant de son hospitalité. Comme il les re-
conduisait avec un flambeau jusqu'au bas de l'escalier,
le savant lui dit en le quittant :

— Nous ne sommes plus au temps où les rues de Paris

étaient si obscures, que les valets reconduisaient les convives chez eux avec des flambeaux allumés ; depuis Philippe-Auguste, qui fit mettre des lanternes dans la capi-
tale, nous avons moins à redouter l'obscurité de la nuit,
qui permettait aux voleurs d'agir avec impunité.

— Il me semble pourtant que les becs de gaz n'éclairent
pas très bien ce soir, dit M. Brillant, qui décidément
n'était pas dans un état normal. — La porte cochère s'ouvrit, et les convives s'éloignèrent.

Quand M. Martin se trouva seul, il fut en proie à une
foule d'idées noires ; le sel qu'il avait renversé et le
gâteau sans fève lui revinrent à l'esprit. Il s'endormit
cependant, mais son sommeil fut troublé par un cauche-
mar qui mit obstacle à sa digestion. Sous l'impression de
l'erreur commise par son pâtissier, il vit autour de lui
tous les clients de M. Patelin, qui falsifiaient ses aliments
à qui mieux mieux. Il se réveilla au milieu de la nuit, et
livré à de profondes méditations, il eut peur que ce rêve
ne fût même encore un sinistre présage. Notre rentier devait en effet payer bien cher son amour pour les bons
dîners. Mais n'anticipons pas sur les événements, et dis-
posons-nous à raconter le repas fameux qui eut lieu chez
le docteur Maigret.

CHAPITRE DEUXIÈME.

Le Mardi-Gras.

———•••———

I

Avant que les invités de M. Maigret ne soient arrivés, occupons-nous un peu du personnage dont nous avons parlé au commencement de cette histoire. Cela est d'autant plus nécessaire que le docteur est occupé des apprêts de son dîner, et que ses malades mêmes ne pourraient le distraire d'une aussi grave occupation.

M. Tristan était un homme de trente-deux à trente-cinq ans, d'une physionomie sévère. Des cheveux noirs ombrageaient son front, qui paraissait empreint de mélancolie. Il y avait parfois dans ses yeux une sorte d'ironie qui se manifestait dès qu'on prononçait devant lui une parole choquante ou contraire à l'équité. On le disait riche, quoiqu'il ne parlât jamais de sa fortune, et sans la tristesse qui le dominait et le rendait quelquefois d'une misanthropie sauvage, il eût été aimé de tout le monde. Ce qui lui nuisait encore, c'est qu'il avait pour principe de dire hardiment la vérité, au risque de blesser ses contradicteurs. On racontait aussi que dans sa jeunesse il avait beaucoup souffert, et qu'un amour malheureux avait contribué à lui donner cet aspect sombre, qui ne prévenait pas en sa faveur. Pour achever le portrait de Tristan, disons qu'il était fort instruit, et que malgré ses souffrances morales, il avait une âme compatissante ; aucune douleur ne le trouvait indifférent, et s'il ne pouvait la guérir il cherchait à la calmer.

Ses relations avec le docteur dataient déjà de quelques années ; Tristan lui reprochait souvent de donner trop de soins à son estomac; mais il savait que si M. Maigret avait quelques ridicules, que s'il n'entendait pas raison à propos de l'art culinaire, il était loyal et sincère. D'un autre côté, l'originalité de Tristan plaisait tant à son ami, qu'il lui pardonnait ses philippiques contre la science du bien vivre. De temps à autre notre misanthrope consentait à venir dîner chez lui, car il ne pouvait oublier que le docteur était doué d'un cœur excellent. La curiosité, cette fois, lui avait fait accepter l'invitation de M. Maigret, le plaisir de voir six hommes réunis et n'ayant d'autre but que celui de manger, lui ayant paru assez étrange. Dès quatre heures du soir, il arriva chez le médecin, et, se plaçant près de la cheminée, il attendait le moment du dîner. Il était absorbé dans de profondes réflexions, lorsque M. Maigret vint à lui :

— Eh bien ! à quoi pensez-vous, mon philosophe?

— En voyant cette table qui tout-à-l'heure sera si abondamment couverte, je me rappelais qu'aujourd'hui de pauvres enfants m'avaient demandé l'aumône en me disant qu'hier ils n'avaient pas soupé.

— Et vous les avez soulagés, selon votre habitude, n'est-ce pas?

— Oui, mais demain?..... Et puis, il y en a tant d'autres !

— Allons, pas de tristesse, mon ami, reprit M. Maigret; ce jour doit être consacré à la joie; et si, comme il est probable, vous connaissez la demeure de ces pauvres enfants, je leur enverrai ce soir quelque chose.

— Docteur, je ne doute pas de vos sentiments ; mais je ne vous dissimulerai pas que cette misère m'a rendu plus triste que de coutume.

— Nous vous égaierons. Je vous permets de nous contrarier autant que vous le voudrez; j'ai prévenu ces messieurs que vous aviez une mauvaise tête.

Et le docteur quitta Tristan, dont l'esprit retomba dans de sombres méditations.

Nos gastronomes arrivèrent ponctuellement à cinq heures, sauf un seul, M. Tapagini, dont personne ne pouvait s'expliquer l'absence. Composait-il une *Fantaisie sur le homard?* Etait-il malade d'une indigestion? Ses créanciers l'avaient-ils définitivement logé gratis?... On se perdait en conjectures. On l'attendit pendant un quart d'heure; mais enfin M. Maigret, ne voulant pas abuser de la complaisance de ses autres invités, les pria de passer dans la salle à manger. En entrant, les convives poussèrent un cri de joie; tous avaient aperçu de grandes pancartes sur lesquelles le médecin avait fait peindre les sentences suivantes empruntées au vieux comte de Monthuc, et que M. Martin se promit de copier pour les placer dans sa galerie gastronomique :

« I. Compte quatre heures entre chaque repas.

» II. Que ta table ait la forme d'un disque, et ta salle celle d'un œuf.

» III. Que Phébus t'éclaire à la fois par l'orient et le couchant.

» IV. Que l'air, constamment renouvelé, n'y fasse sentir ni chaleur ni froidure.

» V. Que ta table n'admette jamais plus de neuf, jamais moins de trois couverts.

» VI. Ne t'asseois pas en face de ton ennemi ni près de ta maîtresse; les émotions de l'amour ou de la haine nuisent au travail de maître Gaster.

» VII. Une heure avant le signal du banquet, et trois heures après, ne lis aucune nouvelle, n'ouvre aucune lettre si tu peux.

» VIII. Ne permets à tes convives ni controverse ni forte bouffonnerie.

» IX. Que la chaleur de ton sang soit celle de tes mets; ne glace tes vins que pendant le règne de Syrius.

» X. Ton dîner sera toujours une pièce en trois actes, où la gradation des saveurs suivra celle qu'Aristote prescrit pour l'intérêt théâtral.

» XI. Ne reçois jamais Bacchus enfant ni pauvre; qu'il soit adulte au début du repas et riche à la fin.

» XII. Repas de liesse est varié; moitié cuit, moitié cru; moitié chair, moitié poisson; moitié rôti, moitié bouilli; sauces moitié blanches, moitié blondes. »

Les convives remarquèrent que, par une délicatesse exquise, le docteur avait mis le programme du dîner sur chaque assiette, et chacun d'eux put lire avec bonheur le nom des mets qu'il allait consommer.

L'éloquent avocat des falsificateurs était malheureuse ·

ment enroué. Le matin, il avait défendu devant la police correctionnelle deux boulangers dont les balances manquaient de justesse, et un charbonnier chez lequel on avait saisi des mesures de capacité d'une fabrication toute particulière. En sortant du tribunal qui l'avait condamné, l'Auvergnat avait accablé d'imprécations son défenseur, en regrettant de l'avoir payé d'avance. Notre cher gastronome était donc bien contrarié par ces diverses émotions; mais ne voulant point manquer à ce qu'il regardait comme un devoir sacré, il était venu néanmoins chez M. Maigret.

Quant à M. Martin, il paraissait très préoccupé, et ne mangea son potage qu'avec tous les signes d'une désolation qui n'échappa à aucun des convives. Les yeux constamment tournés vers les fenêtres, qui donnaient sur la rue, son inquiétude était si visible que M. Maigret lui en demanda la cause; notre rentier dut se décider enfin à la faire connaître :

— Messieurs, dit-il, en arrivant ici j'ai rencontré un homme qui m'a paru tellement mystérieux, que je ne vous dissimulerai pas que je crains quelque malheur. Cet homme s'est approché de moi comme s'il voulait me parler, puis s'est éloigné rapidement, et cela à trois ou quatre reprises. Il était déguisé, je ne saurais au juste vous dire comment; mais il avait un chapeau à plumes et un masque au travers duquel ses yeux noirs brillaient comme des escarboucles. Lorsque je suis entré dans cette maison, il a couru après moi, m'a pris le bras, et m'a dit d'une voix sépulcrale : « Vous allez dîner, vous? — Oui, lui ai-je répondu poliment. — Ah ! vous allez dîner, a-t-il ajouté avec une expression diabolique, eh bien ! bon appétit! » J'ai monté les escaliers au plus vite, mais je vous avouerai que je ne suis pas complétement rassuré... et je suis sûr que si nous ouvrions les croisées, nous verrions encore ce ténébreux personnage se promener en long et en large.

Nos gastronomes prirent avec raison cette aventure pour une farce de carnaval ; mais, craignant que la digestion du rentier n'en fût troublée, on ouvrit les fenêtres.

Il faisait un temps affreux, la nuit était noire, et la pluie tombait avec une telle abondance que la rue était déserte. On pouvait cependant distinguer un homme semblable à celui que venait de désigner M. Martin. Cet être fantastique était assis en face de la maison, et dès qu'il aperçut le rentier, il lui cria d'une voix de Stentor : « Bon appétit, monsieur Martin. » Celui-ci referma aussitôt la croisée, et tous les convives se remirent à table en riant, car M. Patelin, ayant reconnu quel était ce singulier individu, l'avait dit tout bas à ses voisins, qui s'amusèrent beaucoup de la frayeur du rentier. Tristan lui-même ne put s'empêcher d'en sourire.

M. Grimardias regrettait de n'avoir pu encore dire un mot qui prouvât à notre philosophe jusqu'à quel point il était érudit ; aussi, s'empressa-t-il, après cet incident, de rattraper le temps perdu :

— A notre dernier banquet j'affirmais donc, dit-il, que toutes nos fêtes avaient une origine païenne. Le carnaval en est encore une preuve : il nous vient des Grecs qui l'empruntèrent aux Égyptiens, et chez ces deux peuples on se déguisait absolument comme on le fait aujourd'hui dans les pays civilisés...

— Ou qui ont la prétention de l'être, ajouta Tristan.

— Ce bœuf aux ognons que nous venons de manger,
poursuivit M. Grimardias sans s'arrêter à l'interruption
de notre misanthrope, me rappelle un fait assez curieux : en Égypte on nommait la *fête du bœuf*, *Chérub*, et
l'on y promenait partout le plus gros, le plus beau de
ces quadrupèdes, après avoir préalablement doré ses
cornes. Comme le bœuf était adoré par les Égyptiens,
on n'immolait pas cet animal, on se contentait de le noyer
dans le Nil. Le *bœuf laboureur* des Grecs et des Romains
donnait lieu aux mêmes cérémonies. Ainsi, vous voyez
qu'en célébrant dignement ce jour, nous ne faisons qu'imiter nos ancêtres.

— Vous me permettrez de vous dire, répliqua Tristan,
que les premiers chrétiens employaient le jour que nous
nommons maintenant *Mardi-gras* à confesser leurs péchés, et à se préparer à observer religieusement le carême. Le mot *carnaval* ne dérive-t-il pas de *carni vale*,
adieu à la chair? Mais nous ne suivons guère l'exemple
de nos aïeux.

Le savant fut légèrement froissé de n'avoir pas donné
lui-même ces détails, et il le regretta plus encore lorsqu'il
vit que Tristan se disposait à garder la parole. Effective-
ment, le misanthrope reprit ainsi :

— La fête du *bœuf laboureur* n'a aucun rapport avec
les turpitudes connues sous le nom de *carnaval*. Dans la
Grèce antique, les bœufs de labour étaient respectés, et
en tuer un était un crime. Vous devez savoir, monsieur,
que les Athéniens ayant été forcés, pour je ne sais quel
motif, d'immoler un bœuf qui labourait la terre, le victi-
maire qui le tua fut poursuivi, et dut s'enfuir non-seule-
ment de la ville, mais de l'Attique entière. On alla jus-

qu'à mettre la hache en jugement, et elle fut condamnée comme homicide. Ce dernier trait est ridicule ; mais avouez avec moi qu'il y avait dans la fête du *bœuf laboureur*, la sérieuse volonté d'honorer l'agriculture jusque dans ses instruments les plus passifs.

M. Grimardias était décidément au désespoir ; il comprenait que si Tristan parlait de nouveau, il allait perdre du terrain, et puis il voyait bien que l'auditoire écoutait son adversaire avec intérêt. Sans intention maligne, le médecin vint augmenter la mauvaise humeur du savant, en priant Tristan de leur raconter ce qui se passait à la *Fête des Laboureurs*, à laquelle il savait que notre philosophe avait assisté l'année précédente.

Celui-ci ne se fit pas prier :

— Je vous demande pardon, dit-il, de parler encore ; mais je contrarie assez souvent M. Maigret pour ne rien lui refuser aujourd'hui. La *Fête des Laboureurs* est très ancienne, et, quoiqu'elle ait perdu de son premier éclat, tous les ans, à la Pentecôte, on la célèbre à Montélimart. Primitivement, elle durait trois jours. Le premier était consacré aux cérémonies religieuses, et les laboureurs allaient à la messe ayant à la main des bouquets d'épis ; leurs syndics portaient des houlettes enrubannées. Au sortir de l'office, on se rendait sur la place des *Bouviers*, et l'on y dansait.

Le lendemain, les laboureurs et leurs syndics se promenaient sur des mules richement harnachées, portant en croupe une femme ou une fille de laboureur, et ils rendaient ainsi visite aux fermiers des environs auxquels ils distribuaient le pain bénit. Comme ils étaient toujours accompagnés de musiciens, ils donnaient des sérénades, et tous les habitants des fermes dansaient en rond. Ce qui fera plaisir à M. Grimardias, et à vous tous, messieurs, c'est que les fermiers préparaient une table bien servie pour recevoir leurs visiteurs.

Le dernier jour était le plus intéressant, à cause de son caractère remarquable d'utilité. On *tirait la craie* ou *le sillon*. Toute la population agricole se réunissait dans le même champ, et les concurrents y venaient avec leurs charrues ornées de rubans. Pour obtenir le prix, il fallait tirer une raie droite, longue et profonde, et, autant qu'on le pouvait, on multipliait les difficultés. Quand les sillons étaient tracés, les prud'hommes les visitaient et adjugeaient la récompense, qui était toujours un instrument aratoire. Cette fête, quoique utile, a été abandonnée pendant longtemps, et ce n'est qu'en 1818 qu'elle a été rétablie, mais elle ne dure plus qu'un jour. Si mon récit vous a paru long, messieurs, prenez-vous-en au docteur.

On remercia beaucoup le philosophe, et notre savant allait reprendre la parole, lorsque, tout-à-coup, M. Brillant s'offrit à raconter une anecdote qui avait trait au carnaval.

Par politesse, on consentit à l'écouter; mais il y avait une grande différence entre cet assentiment tacite et l'admiration que faisait toujours naître les discours de M. Grimardias.

—Pendant le carnaval de 1552, dit le lauréat, Ronsard, Baïf, Belleau, Du Bellay et plusieurs autres de leurs amis, voulurent fêter Etienne Jodelle d'une façon originale. Ses tentatives pour tirer notre théâtre de son état barbare lui donnaient bien droit à un tel hommage. Ils lui offrirent donc un banquet à Arcueil, et au milieu du dîner ils amenèrent à leur ami Jodelle un bouc paré et couronné;

suivant l'usage antique, ils chantèrent et dansèrent autour de l'animal. Après cette cérémonie, Ronsard dit à Jodelle que ses amis étaient venus lui donner le prix de la tragédie, et qu'on allait immoler ce bouc en l'honneur de Bacchus. Cette fête toute littéraire fut cependant regardée comme impie par le clergé,.et nos poëtes faillirent être mis en prison. Mais pour calmer l'orage, Ronsard composa une pièce de vers où il raconta l'aventure, en se disculpant, ainsi que ses amis, du crime d'impiété. Voulez-vous que je vous la récite? ajouta l'homme de lettres.

— Ce n'est pas la peine, répliqua vivement le savant; ces gens soi-disant inspirés, qu'on appelle poëtes, ne produisent rien d'utile; c'est tout au plus si nous possédons un bon poëme sur la gastronomie.

M. Grimardias professait depuis longtemps cette opinion, que la poésie n'a de partisans ou d'admirateurs que parmi les jeunes filles et les malades. Il allait même jusqu'à dire qu'il préférait la *Cuisinière bourgeoise* à n'importe quel poëme épique, et que si Homère avait eu un peu de réputation, il ne la devait qu'à l'appétit de ses héros, et à leur grande consommation de viandes bouillies et rôties.

Il était temps que l'on servît les *cailles au gratin*, car l'anecdote racontée par M. Brillant ne se rapportant pas directement à l'art culinaire, n'avait intéressé personne; pour son propre compte, M. Martin n'y avait rien compris du tout. M. Patelin était tellement enroué, que jusque là il n'avait pu dire un seul mot. En revanche, il mangeait avec un appétit qui détruisait toute crainte sur sa santé présente. Quant à M. Maigret, il était absorbé par

les soins du service, et s'appliquait de son mieux à justifier cet axiome : « Un amphitryon accompli est aussi
rare qu'un bon rôtisseur. » M. Grimardias redevenait donc
maître de la place. L'opposition que lui faisait Tristan,
l'enrouement de l'avocat, l'absence de Tapagini et les
terreurs de M. Martin, ne pouvaient empêcher notre savant de savourer un à un, avec méthode, tous les mets
qui paraissaient sur la table, ni de prouver, par ses discours, qu'il était le digne auteur de l'*Alimentation anté-
diluvienne*.

— Si le docteur, dit-il, n'était uniquement occupé à
nous bien traiter, il aurait probablement quelque chose
à nous apprendre sur les *cailles*.

— Je puis, répondit M. Maigret, vous dire en deux
mots que les *cailles*, en latin *coturnix*, prennent leur
nom de leur chant, qu'elles sont excellentes au goût,
qu'elles excitent l'appétit, mais.... (la vie est remplie de
mais) qu'elles sont difficiles à digérer.

—J'ajouterai, fit le savant, que les Athéniens aimaient
beaucoup les *cailles*, pour les manger bien entendu.

—Pas toujours, répliqua M. Brillant, qui ce soir semblait doué d'une grande hardiesse, puisqu'à cause de
l'humeur belliqueuse de ces oiseaux, on en achetait pour
les faire lutter.

— Je sais très bien, repartit M. Grimardias, que l'histoire romaine nous apprend qu'Eros, intendant d'Auguste,
ayant acheté et mangé une *caille* qui remportait souvent
la victoire, l'empereur le fit pendre; je crois même que
ce fait s'est passé à Alexandrie, mais cela veut-il dire que
les *cailles* n'étaient pas un mets estimé des anciens? La
mythologie elle-même leur rend justice ; lorsque Typhon

voulut tuer Hercule, il ne parvint qu'à le faire évanouir, et Iolaüs, qui accompagnait le héros, lui mit une *caille* sous le nez pour ranimer ses sens, ce qui réussit, dit-on, parfaitement.

— Je n'ai jamais entendu vanter la *caille* à ce point, s'écria d'un ton piqué M. Brillant.

— C'est que vous n'avez pas assez étudié, lui répondit vivement le savant. Rappelez-vous ce passage de la Bible : « Alors l'Éternel fit lever un vent qui enleva des *cailles* devers la mer, et les répandit sur le camp. »

— Mais, monsieur, vous oubliez que le verset 33 constate que, dès que les Israélites eurent mangé des *cailles*, Dieu les fit mourir par milliers; ce qui me donne lieu de supposer que la chair de cet oiseau est indigeste, ainsi que l'a dit le docteur.

— Comment se fait-il alors que ce soit la troisième que vous mangiez?

— C'est afin de savoir lequel de nous deux a tort ou raison, répondit l'homme de lettres en riant.

— Et puis c'est que vous voulez prouver aussi que, de tous les plaisirs, il n'en est qu'un réel : celui de bien vivre.

— Quand on le peut, dit Tristan.

Sans paraître avoir entendu, le savant continua :

— S'il ne m'était depuis longtemps démontré que c'est le suprême bonheur, je regretterais amèrement le temps que j'ai passé à m'instruire. Mais je possède la science; et, au plaisir de manger, je joins celui de savoir ce que je mange.

— Si vous assistiez à un repas donné par un de mes clients, s'écria d'une voix enrouée M. Patelin, je crois que vous n'oseriez pas produire une telle affirmation.

Toujours préoccupé par la pensée qu'il voulait déve-
lopper, M. Grimardias ajouta :

— Les historiens ne veulent pas convenir de tout ce
qu'ils doivent à l'art culinaire. Ils ont tort, car en mangeant des *ognons*, je réfléchis, et je crois que, selon toute
probabilité, nous leur devons l'obélisque du Louqsor.

M. Martin ouvrit de grands yeux.

— Cela vous étonne, poursuivit le savant ; ignorez-vous
que les Égyptiens faisaient leurs délices des *ognons* crus,
et que les grandes Pyramides n'ont été construites que
parce qu'on promettait aux ouvriers beaucoup d'*ail* et
d'*ognons?*

— Oui, dit Tristan, c'était avec quelques lentilles,
la seule nourriture accordée aux pauvres esclaves qui
construisaient ces monuments, et les *fellahs* de notre
temps ne sont guère plus heureux.

— Il est vrai, répondit M. Grimardias, que si les
Égyptiens qui aiment tant l'*ail*, avaient connu cette fameuse sauce qu'on nommait *aillie*, ils auraient été moins
à plaindre. Elle se composait d'ail, d'amandes et de mie
de pain, et l'on détrempait le tout avec du bouillon. Au
XIIIe siècle, on la vendait dans les rues, et le peuple en
mangeait beaucoup.

Tout enrhumé qu'il était, M. Patelin voulut se mêler
à la conversation.

— Les Grecs, dit-il, aimaient bien aussi les *ognons*.
Lorsque Alexandre leur en envoya qu'il avait tirés
d'Égypte et de Phénicie, ils furent pénétrés de reconnaissance. Ce qu'il y a de singulier, c'est que la déesse
Cybèle n'aimait pas l'odeur de l'*ail*, puisque l'entrée de son
temple était interdite à celui qui en avait mangé...

A ce moment, M. Brillant, qui depuis le commencement du repas n'avait cessé de glorifier Bacchus, interrompit brusquement M. Patelin, et d'une voix fortement accentuée, récita ces vers de Berchoux :

Le laitage, le miel et les fruits de la terre
Furent longtemps des Grecs l'aliment ordinaire,
En Asie on connut des repas moins grossiers,
Et les Orientaux, plus savants cuisiniers,
Mélangèrent leurs mets d'une façon nouvelle,
Des premiers *fricandeaux* donnèrent le modèle,
Employèrent le lard, exprimèrent des jus,
Inventèrent des mets jusqu'alors inconnus.

Tous les convives se regardèrent; personne n'ayant traité la question du *fricandeau*, ils crurent un moment que l'auteur de l'*Homme tranquille* avait perdu la tête. On ne lui répondit pas, et M. Patelin, tenant à achever ce qu'il avait commencé, reprit la parole :

— Les Egyptiens, dit-il, avaient un goût bizarre; ils tuaient les éléphants et les mangeaient. Ils en consommèrent une si grande quantité, que Ptolémée Philadelphe fit une loi très sévère pour qu'on respectât l'existence de ces quadrupèdes; mais la chair d'éléphant plaisait tant aux Égyptiens, qu'ils bravèrent la défense.

— Messieurs, repartit le docteur, bien que je n'éprouve pas le désir de manger des beeftecks d'éléphant, cette passion pour la viande me semble toute naturelle. Il fallait être fou comme Pythagore, qui défendait à ses disciples d'en manger, ou comme les brahmanes de l'Inde, qui, depuis au moins deux mille ans, ne vivent que d'herbe, pour ne pas préférer la viande à tout autre aliment; c'est elle seule

qui nourrit l'homme, et à travers les siècles, Hippocrate
nous donne encore d'utiles conseils à cet égard....

— Moi! s'écria M. Brillant, je préfère le bon vin et la
pâtisserie légèrement sucrée.

Tristan fit un geste de mépris, auquel l'interrupteur
ne répondit qu'en remplissant de nouveau son verre.
Quant aux autres convives, ils prièrent M. Maigret de
leur donner un aperçu de la doctrine culinaire d'Hippocrate, ce à quoi il consentit avec une extrême complaisance.

— En voici en peu de mots le résumé, dit le médecin: la
chair du bœuf est forte et d'une digestion pénible, celle du
veau l'est moins; celle de l'agneau est plus légère que
celle de la brebis, et celle du chevreau moins lourde que
celle de la chèvre. Ainsi que celle du sanglier, la chair
du porc dessèche, mais elle est d'une digestion facile....

— Oh! pour cela non, objecta M. Brillant; lorsque
j'ai obtenu le prix à Carpentras, pour mon *Epître à la
Lune*, je me souviens que nous dînâmes avec mon concurrent, et qu'il eut une terrible indigestion pour avoir
trop mangé de côtelettes de porc frais....

La patience du docteur ne put tenir contre cette nouvelle
interruption, et s'adressant avec sévérité au soi-disant lauréat : « Monsieur, lui dit-il, vous auriez dû attendre que
j'eusse fini, pour oser contredire Hippocrate.» Je continue...
Le cochon de lait est pesant, et la chair de lièvre sèche
est astringente. Généralement, la chair des animaux sauvages est moins succulente que celle des animaux domestiques, la viande de ceux qui se nourrissent d'herbes est
préférable à celle des animaux qui vivent de fruits : celle
des mâles vaut mieux que celle des femelles, celle des

noirs doit toujours être préférée à celle des blancs ; et
enfin, la chair des animaux velus est bien supérieure à
celle des animaux sans poil. J'ajouterai que presque tous
les philosophes grecs soutenaient qu'il fallait manger
de la viande ; je citerai entre autres, les péripatéti-
ciens, les stoïciens et les épicuriens, qui partagaient
entièrement l'opinion d'Hippocrate.

Un murmure approbateur accueillit la fin du discours
de M. Maigret. M. Grimardias, que ces applaudissements
contrariaient intérieurement, voulut aussi mériter sa
part d'éloges :

—Je crois à propos, dit-il, de vous parler de l'origine de
l'usage de la viande. Je ne vous citerai que les opinions les
plus vulgaires, car, à mon avis, on a mangé en tout temps
de la chair des animaux : Un jeune sacrificateur qui vivait
sous Pygmalion, roi de Tyr, offrant aux dieux le corps
d'une victime, un morceau de chair tomba de l'autel ; en
le ramassant, le sacrificateur se brûla, et porta les doigts
à sa bouche. Le goût de la viande rôtie lui plut, il en
mangea, et en bon mari voulut en faire profiter sa femme ;
il lui en porta donc un morceau. Pygmalion, ayant
connu ce fait, accusa les deux époux de sacrilége, et les
fit précipiter du haut d'un rocher. On ne sera pas surpris
si j'ajoute que, depuis cette exécution, tout le monde
mangea de la viande en Phénicie. D'autres auteurs
pensent que c'est Prométhée qui le premier tua un bœuf
pour le faire cuire....

—Cette belle action, répondit l'avocat, aurait dû l'ab-
soudre d'avoir tenté de dérober le feu du ciel.

—On attribue aussi à Cérès, poursuivit M. Grimardias.

d'avoir fait tuer le premier porc pour punir cet animal
d'avoir ravagé les blés.

— Cérès a eu raison, repartit encore M. Brillant, car si
on eût laissé faire ces animaux, jamais on n'aurait pu
manger de pâtisserie.

M. Grimardias était trop résolu à se faire applaudir
par son auditoire, pour s'arrêter en si beau chemin;
la foudre fût même tombée à ses pieds, qu'il n'en eût pas
moins continué son discours. Malheureusement pour lui,
on sonna si fort à la porte de M. Maigret, que M. Martin
en bondit sur sa chaise. La domestique entra dans la
salle à manger, et dit à son maître, qu'un de ses clients
désirait le voir tout de suite.

Le docteur tenait un aileron de poularde, et paraissait
y prendre un intérêt tout particulier.

—Toinette, pourquoi donc avez-vous dit que j'y étais?
Je ne puis me déranger en ce moment... ces malades sont
d'une exigence...

— Mais, monsieur, répondit la domestique, c'est la demoiselle qui est déjà venue; elle dit que son père a une
indigestion; il étouffe, il suffoque...

— J'irai demain matin de bonne heure; c'est tout ce
que je puis faire. Dites surtout à cette demoiselle qu'elle
engage son père à ne pas se mettre à la diète, c'est une
mauvaise méthode; la diète nourrit la maladie, tandis
qu'au contraire un aliment chasse l'autre.

La domestique sortit, et M. Maigret se remit tranquille-
ment à manger. Tristan, que cette scène avait ému, le
regarda d'un air irrité.

— Docteur, lui dit-il, vous auriez pu nous abandonner

pendant quelques instants, et aller donner vos soins à ce malade.

— Pour le devenir moi-même, n'est-ce pas ? pour me faire crotter, mouiller ? Et puis, ne vous affligez pas, mon cher misanthrope : je connais le tempérament de cet homme ; s'il suit mes prescriptions, il sera guéri demain matin. Songez donc aussi qu'il serait bien pénible de quitter en ce moment une société aussi agréable que la vôtre, ajouta le docteur avec un charmant sourire.

— Monsieur Maigret, reprit Tristan, je vous estime, parce que je connais votre cœur ; mais, franchement, vous venez de m'affliger. J'avais souvent entendu dire que les gourmands étaient insensibles à toute autre chose qu'à la gastronomie, et je m'étais toujours refusé à le croire ; vous venez de me convaincre que c'était une vérité.

—Allons, dit en riant le médecin, un peu contrarié au fond, ne me jugez pas plus mauvais que je ne suis ; pour vous faire plaisir, j'irai visiter ce malade après notre dîner, à la condition, toutefois, que vous ne verrez plus tout en noir. Si nous ne pardonnions aucun défaut aux autres, nous risquerions d'être trop malheureux. Laissons ce sujet, et pour le moment, goûtez de cette poularde à l'estragon ; elle est cuite à point ; à moins pourtant que vous ne préfériez un de ces perdreaux bardés ?

— Merci, docteur, vous m'avez ôté l'appétit.

— Alors je vous plains, monsieur, dit le rentier, car rien n'est plus triste que de ne pouvoir manger lorsqu'on est devant une aussi bonne table. Monsieur Grimardias, voudriez-vous avoir la complaisance de nous dire ce que vous savez encore sur la viande, nous vous écouterons avec plaisir.

Le savant ne se fit pas prier :

— J'ai toujours plaint, dit-il, ces pauvres sacrificateurs égyptiens, qui s'abstenaient de toutes les viandes et de toutes les boissons qu'ils ne préparaient pas...

— Je ne suis pas de votre avis, répondit l'avocat des falsificateurs, je crois au contraire qu'ils devaient fort bien s'en trouver.

— Pensez donc à ceci, continua M. Grimardias, et vos yeux, comme les miens, s'humecteront de larmes : ces infortunés ne pouvaient manger, ni du poisson, ni des animaux ayant le pied rond ou partagés en plusieurs doigts, ni de ceux qui manquaient de cornes. Semblables aux brahmes indiens, ces malheureux ne se nourrissaient que d'herbes...

— C'est sans doute un de leurs descendants qui a fondé en Angleterre la secte des *légumineux*, dit M. Brillant.

— Je l'ignore, et je ne m'occupe pas de pareilles bilevesées, répondit le savant avec gravité. Je sais seulement qu'au moment du jeûne, les prêtres dont je parle s'abstenaient encore d'herbes et de légumes.

— Que mangeaient-ils donc alors? demanda M. Martin.

— L'histoire est muette, et nous laisse, à cet égard, dans une profonde incertitude, répondit M. Grimardias qui souffrait cruellement lorsqu'il ne pouvait répondre à une question qu'on lui adressait.

— La loi de Mahomet a le mérite d'être plus explicite, reprit M. Patelin, car le Coran défend de manger de la chair des animaux étouffés, étranglés, assommés, précipités, sacrifiés aux idoles, ou qui se sont tués en se heurtant les uns contre les autres En un mot, le code du prophète ne permet de manger que des animaux qui ne sont pas réputés immondes.

— On sait au moins à quoi s'en tenir, dit le rentier, qui avait à peu près oublié l'apparition de son homme mystérieux.

—Surtout quant au porc frais ou salé, continua l'avocat, car le Coran répète vingt fois pour une : « La chair du pourceau vous est défendue; si vous en mangez, vous encourrez la colère de Dieu. »

— Ainsi que les Israélites, les Égyptiens regardaient le pourceau comme un animal immonde; dès qu'ils en avaient touché un, ils se purifiaient, reprit M. Grimardias. Une chose assez curieuse, c'est que Platon dans sa République, met la nourriture des pourceaux au rang des choses superflues que le luxe a introduites.

— Le divin philosophe avait oublié l'histoire de son pays, repliqua vivement le lauréat de Carpentras, car :

> La table de Patrocle et du fils de Pélée
> De plats multipliés n'était pas accablée,
> Dans un jour d'appareil, une biche, un mouton,
> Suffisaient au dîner des vainqueurs d'Illion...

—Monsieur Brillant, repartit le savant avec aigreur, vous auriez dû nous prévenir que vous vouliez réciter entièrement le poëme de la *Gastronomie;* néanmoins, si vous y tenez, je vous engage à mieux choisir vos citations. La question que nous traitons maintenant est une des plus graves, et nous sommes tous des gens sérieux; vous devriez le comprendre et ne pas nous interrompre à chaque instant.

— Sans doute, s'écrièrent ensemble les quatre autres gourmands.

Pour toute réponse, le lauréat baissa les yeux, vida son verre, et acheva sa citation en se parlant à lui-même :

> Ulysse fut, dit-on, régalé chez Eumée
> De deux cochons rôtis qui sentaient la fumée.

M. Grimardias continua son discours.

—L'histoire, dit-il, est remplie de traits intéressants dont la viande de porc est le sujet. Nous voyons qu'à Rome, le porc était l'emblème de la paix, et que les soldats mettaient son image sur leurs enseignes. Si nous consultons les vieilles chroniques, nous y lisons que les Francs se rassemblaient en grand nombre autour d'un morceau de porc frais, et que, pour faciliter la digestion, ils buvaient force rasades de bière, de poirée, ou de vin d'absinthe. Craignant même que leurs tables ne fussent salies, ils faisaient tenir les flambeaux par leurs valets....

— Tout cela m'est égal, répliqua obstinément le lauréat ; depuis que j'ai vu mon concurrent malade, je ne consentirai jamais à manger de l'animal immonde.

— Mangez-en ou n'en mangez pas, lui répondit M. Grimardias avec une colère concentrée, vous ne m'empêcherez pas de dire que les Gaulois possédaient des troupeaux considérables de porcs, et que cette habitude s'est conservée jusque dans les premiers temps de la monarchie. Des bandes de ces animaux parcouraient les rues de Paris, et furent cause de l'événement que je vais vous raconter : Un jour, Philippe, petit-fils de Louis-le-Gros, se promenant dans la cité, un cochon effarouché s'embarrassa dans les jambes de son cheval, jeta le cavalier par terre et le tua. A la suite de cet accident, on défendit d'élever des porcs dans l'intérieur des villes, mais en vertu de la légende de leur patron, les religieux de Saint-Antoine refusèrent de se soumettre à cet ordre. Ils obtinrent, en effet, la faveur de laisser leurs porcs se promener dans les rues. Le bourreau eut même...

— Le bourreau ! exclamèrent avec effroi les convives.

— Oui, messieurs, poursuivit M. Grimardias, afin que l'ordonnance fût respectée, le bourreau eut le privilége de s'emparer de tous les cochons errants qu'il rencontrerait. Dès qu'il en avait un en son pouvoir, il le conduisait à l'Hôtel-de-Ville, et là on lui remettait la tête de l'animal ou bien cinq sous d'argent.

— J'aurais préféré les cinq sous, dit encore M. Brillant.

— Il y a plus, continua le savant : lorsque l'exécuteur des hautes-œuvres avait roué ou pendu un criminel sur le territoire de quelque monastère, les religieux lui donnaient aussi une tête de porc. L'abbaye de Saint-Germain, où il avait probablement plus de besogne qu'ailleurs, s'était arrangée à forfait avec le bourreau, et lui donnait chaque année une tête de cochon. Le jour de la Saint-Vincent, il marchait en tête de la procession, et on lui remettait ensuite la prime à laquelle il avait droit.

— Le bourreau aurait pu s'établir charcutier à peu de frais et se régaler de porc à sa guise; quoi qu'il en soit, je ne lui aurais pas envié son bénéfice, ajouta l'homme de lettres dont l'entêtement croissait à chaque minute.

Il s'en fallut de très peu que la colère de M. Grimardias n'éclatât, et qu'il ne fît payer cher à M. Brillant toutes ses objections. Mais, en homme sage, il se contint, et préférant avec raison instruire son auditoire, il continua son discours :

—Tout le monde, dit-il, ne partageait pas votre opinion, monsieur, car la femme de Chilpéric Ier, voulant perdre un courtisan nommé Nectaire, ne trouva pas de moyen plus efficace que de le dénoncer à son époux comme ayant volé des jambons dans le garde-manger royal. On cite le même fait de Catherine de Médicis, qui un jour se plaignit amèrement à son fils de ce qu'on lui avait dérobé des jambonneaux. Je vous...

Le discours de M. Grimardias fut interrompu cette fois, non par M. Brillant, mais par un second coup de sonnette plus violent que le premier et qui fit tressaillir tous les gourmands. M. Martin en fut si effrayé qu'il regretta sa paisible demeure du Marais, et qu'en ce moment, au lieu de la table du docteur, il eût préféré son modeste dîner quotidien.

La servante entra quelques instants après, suivie par un homme masqué et déguisé en Espagnol, mais dont le costume frippé, taché de boue, n'avait pas la moindre ressemblance avec celui de Charles-Quint. Ce personnage prit place à côté du rentier qui tremblait de tous ses membres, et, au milieu des éclats de rire suscités par son costume, on l'entendit répéter à son voisin : « Bon appétit, monsieur Martin. » Cette fois, l'habitant du Marais reconnut la voix de Tapagini, et cela lui fit un bien ineffable; il pouvait enfin manger de tous les mets qui composaient ce succulent repas.

M. Brillant était seul d'assez mauvaise humeur. Les apostrophes que le savant lui avait adressées lui inspirèrent la méchante pensée de se venger sur le célèbre compositeur. Quand l'hilarité générale fut calmée, et qu'il s'aperçut que tous les convives écoutaient attentivement M. Grimardias, il dit tout bas à Tapagini :

— Vous me permettrez de vous faire observer que vous vous êtes présenté au milieu de nous dans un costume peu décent.

— Est-ce qu'il est troué, mon costume?

— Non; mais pourquoi ce déguisement? Vous auriez dû respecter la société, et changer d'habit avant de venir ici.

— Le dîner eût été terminé, répliqua le musicien, et depuis une heure je souffre bien assez de la pluie en me promenant sous ces fenêtres, sans attendre plus longtemps.

— Enfin... ce n'est pas convenable... les mascarades n'appartiennent ni à notre âge, ni à notre caractère.

— Monsieur Brillant, est-ce que vous croiriez par hasard que c'est pour me divertir que j'ai pris ce costume?

— Vous n'en êtes pas moins déguisé... Pourquoi?

— Pourquoi?... vous êtes bien curieux. Avez-vous des dettes?

Le lauréat provincial rougit un peu, car il comptait aussi une série très nombreuse de créanciers :

—J'ai pu avoir des dettes, reprit-il, mais cela ne m'a jamais forcé à me déguiser en Espagnol.

— Tant mieux pour vous, alors.

Et le compositeur lui tourna le dos, acheva de manger ce qu'on lui avait servi, et fut tout oreilles pour M. Grimardias, qui se disposait à poursuivre son enseignement.

—Je voulais donc dire, messieurs, reprit le savant, qu'il y avait anciennement des festins où l'on ne mangeait absolument que du porc, et qu'on les nommait *baco-*

niques, du vieux mot *bacon*, signifiant *cochon*. A certaines époques de l'année, le chapitre de Notre-Dame ne mangeait pas autre chose, et l'institution si utile de la *Foire aux jambons* doit son origine aux festins *baconiques*.....

— Heureusement qu'on y vend autant de pain d'épice que de jambon, murmura sourdement l'homme de lettres.

— Monsieur Brillant, je ne répondrai plus à vos malveillantes interruptions, répliqua M. Grimardias. Je me contenterai de vous apprendre, si vous l'ignorez, qu'un grand homme, le maréchal de Vauban, n'a pas dédaigné d'écrire un traité sur les *cochons*.

— Certainement, ajouta M. Maigret, et il a même eu la patience d'y joindre un calcul important sur leur vertu prolifique. Il a démontré que la postérité d'une truie pouvait produire 6,434,838 cochons, et que si l'on poursuivait ce calcul pendant une période de seize années, la terre pourrait être entièrement peuplée de ces animaux.

M. Martin était si heureux d'être délivré de ses précédentes terreurs, qu'il s'écria :

— Messieurs, j'affirme avoir vu à Paris, étant encore enfant, un cochon extraordinaire qui pesait 998 livres.

Pendant tout ce dialogue, Tristan était resté impassible. Il voyait avec dépit que des hommes doués de certaines facultés, les dépensaient de gaîté de cœur à des choses aussi futiles. S'apercevant qu'il serait difficile de donner un autre cours à leur conversation, il préférait garder le silence.

M. Brillant, se trouvant dans l'impossibilité de continuer ses citations du poëme de la *Gastronomie*, ne renonça pas à l'envie de tourmenter M. Grimardias, et lui adressa cette question :

— Pourquoi Moïse et Mahomet ont-ils interdit la viande de porc? Etait-ce dans la crainte des indigestions?

Le savant allait répondre, mais M. Maigret le priva de ce plaisir :

— Pour une raison tout hygiénique, monsieur : la lèpre était très commune à leur époque, et l'usage de cette viande donnait à la maladie l'occasion d'exercer de plus grands ravages.

Ravi de cette réponse, M. Brillant dit avec emphase :

— Je comprends alors la répulsion d'Eléazar, qui préféra mourir plutôt que de manger des viandes impures ; mort pour mort, il aima mieux ne pas avoir la lèpre.

— Ah! monsieur, repartit vivement Tristan, Éléazar est un martyr de sa foi religieuse, et, à ce titre, il faut le respecter. Il est de ces plaisanteries qu'on ne doit jamais se permettre.

M. Brillant resta tout interdit ; cependant il répondit avec douceur :

— Je ne voulais pas prouver autre chose que ceci : c'est qu'en fait de porc, il y a bien des gens qui sont de mon avis.

— Vous en auriez peut-être changé, répliqua le savant, si vous eussiez vécu au temps des Romains. On vous eût fait manger du *sanglier à la Troyenne.*

— De quoi ce mets était-il composé? demanda Tapagini dont l'appétit diminuait sensiblement.

— C'était, répondit M. Grimardias, un sanglier tout entier dont l'intérieur était farci de gibier et de volaille. Les auteurs anciens qui en ont goûté en font le plus grand éloge, et s'accordent unanimement à affirmer que nul autre mets ne pouvait lui être comparé. Son nom lui venait d'une allusion au cheval de Troie. Quelques mauvais plaisants prétendaient même que toutes les friandises cachées dans le ventre de l'animal, étaient autant d'ennemis introduits dans la place.

— A ce propos, monsieur, objecta Tristan en regardant le rentier, vous oubliez le proverbe : *Plus gula lethifera quam gladius* ; la gourmandise est plus meurtrière que l'épée. C'est au mets dont vous venez de parler qu'il a dû son origine.

Ainsi qu'on doit le penser, ce proverbe ne plut à personne, et si l'on n'eût été averti à l'avance du caractère de notre misanthrope, cette citation fût devenue le signal d'une discussion orageuse; mais aucun des six gourmands n'y répondit, pour deux raisons : la première, c'est qu'ils étaient persuadés qu'en mangeant beaucoup, leur existence serait de longue durée; la seconde, c'est qu'avant tout, ils tenaient à ne pas troubler leur dîner par des controverses qui eussent pu nuire à leur digestion.

—On écrirait des volumes entiers sur la viande de porc, poursuivit le savant, et le succès en serait certain. Il est inutile que je vous parle de cette précieuse tradition qui consiste à manger la veille de Noël une quantité innombrable de boudins et de saucisses; vous connaissez tous cette bonne fête qu'on appelle le *Réveillon*.

— Pour mon compte, je ne puis faire autrement que de la connaître, dit M. Patelin, puisqu'elle donne lieu à une infinité de procès que je suis chargé de plaider.

— Je veux, continua M. Grimardias, appeler votre attention sur une cérémonie que vous ignorez peut-être, et je suis persuadé qu'après m'avoir entendu, votre esprit sera émerveillé et votre imagination satisfaite. Tous les ans, au 1er janvier, on promenait à Kœnisberg un *boudin* énorme; en 1558, ce *boudin* avait 198 aunes de long, et il fallut 48 personnes pour le porter. Le plus majestueux des bouchers marchait en avant du cortége, ayant comme une guirlande de fleurs, la tête du *boudin* passée autour du cou. A la date de 1601, la chronique d'Henneberg nous apprend que les bouchers promenèrent un *boudin* de 1,005 aunes, porté cette fois par 103 individus qui ployaient sous une si lourde charge. Ce cortége, accompagné de musiciens, parcourut gravement la ville, suivi d'une foule considérable qui ne se lassait pas d'admirer le *boudin*.

— En eut-elle sa part? demanda Tristan qui n'avait pu tenir son sérieux en entendant ce récit.

— La chronique n'en parle pas, répondit M. Grimardias; mais qu'importe! Ces sortes de fêtes contribuent puissamment à l'éducation d'un peuple, et lui apprennent que l'art culinaire est le premier de tous, puisqu'il peut réaliser de tels prodiges. Quant aux personnages célèbres qui aimaient la viande de porc, je puis encore citer Henri VIII qui, de son cuisinier, fit un baronnet pour le récompenser de lui avoir servi un marcassin cuit à point. Je n'ajouterai rien à ces exemples, qui sont de nature à convaincre les plus incrédules.

Nos gourmands félicitèrent M. Grimardias, et certes il méritait bien un tel hommage. M. Brillant protestait seul contre la viande de porc : nous ne parlerons pas de Tristan; il était complétement désintéressé dans cette affaire.

—Monsieur Maigret, dit le rentier, il y a une chose que j'ai souvent entendu répéter, et qui m'a toujours fait de la peine. Des gens, qui paraissaient instruits, ont soutenu devant moi que l'intérieur d'un cochon ressemblait à celui d'un homme. Je vous avouerai que, si cela est vrai, mon amour-propre en sera bien froissé.

— Tranquillisez-vous, répondit le médecin : c'est une erreur que Cuvier a complétement détruite ; je vais vous lire cette page du grand naturaliste. M. Maigret alla dans sa bibliothèque et en rapporta un livre dans lequel il lut ce qui suit :

« L'estomac de l'homme et celui du cochon n'ont aucune ressemblance. Dans l'homme, ce viscère a la forme d'une cornemuse, dans le cochon, il est globuleux ; dans l'homme, le foie est divisé en trois lobes, dans le cochon, il est divisé en quatre ; dans l'homme, la rate est courte et ramassée, dans le cochon elle est longue et plate ; dans l'homme, le canal intestinal égale sept à huit fois la longueur du corps, dans le cochon, il égale quinze à dix-huit fois la même longueur. L'épiploon, c'est-à-dire cette partie qu'on appelle vulgairement la toilette, est beaucoup plus étendu et plus chargé de graisse... »

— Ah ! tant mieux ! tant mieux ! s'écria M. Martin ; je ne pouvais manger de la viande de porc, sans penser que je ressemblais à cet animal, et cela m'empêchait de digérer convenablement.

— Laissez-moi donc achever ma citation, poursuivit M. Maigret : « Ce qui est très consolant pour les âmes délicates qui ne veulent rien avoir de commun avec le naturel du cochon, c'est que son cœur présente des différences notables avec celui de l'homme.

» J'ajouterai, dit Cuvier en terminant, pour la satisfaction des savants et des beaux esprits, que le volume de son cerveau est aussi beaucoup moins considérable ; ce qui prouve que ses facultés intellectuelles sont fort inférieures à celles de nos académiciens. »

Vous voyez, mon cher monsieur Martin, ajouta le docteur, qu'entre l'homme et l'animal immonde, il y a peu de rapports physiques, et que le pape Sergius IV a eu raison de changer son nom de *Bucca-porci*, qui signifiait grouin de cochon, en celui sous lequel il a été connu depuis.

A la suite de cette dissertation, nos gourmands se remirent à manger avec une vigueur toute nouvelle, et la longe de veau marinée disparut en un instant. Nos héros ne ressemblaient pas à quelques théoriciens : ils joignaient l'exemple au précepte. Mais avec un homme comme M. Grimardias, le silence ne pouvait régner longtemps.

—Chaque chose que je mange, reprit-il, est pour moi un souvenir agréable. En ce moment, il me semble voir Louis XIII (qui par parenthèse faisait aussi très bien les confitures) larder une longe de veau pareille à celle que nous venons de manger. Et, si nous devons en croire Tallemant des Réaux, ce roi s'acquittait de ce soin comme s'il eût été un cuisinier émérite.

—Alors pourquoi, répliqua M. Patelin, Louis XIII défendit-il, en 1629, de dépenser plus d'un écu par personne lorsqu'on irait dîner chez le traiteur? Et pourquoi aussi, par la même ordonnance, ne voulut-il pas qu'on eût plus de trois services, et un seul rang de plats pour chacun d'eux, lorsqu'on dînerait chez soi?

—Je l'ignore, répondit M. Grimardias; mais cette longe de chevreuil me rappelle encore que j'ai vu servir en Allemagne un chevreuil tout entier. Vous n'ignorez pas que,

dans ce pays, le luxe consiste à faire paraître sur la table
d'énormes pièces de viande, de volaille ou de gibier. Si
l'Allemagne n'était affligée par une foule de rêveurs, de
poëtes, de philosophes, qui s'égarent dans les nuages, ce
pays serait excellent, car on y mange plus qu'en France.

— Vous croyez donc, répliqua Tristan, que l'homme
doit uniquement passer sa vie à manger, ou à songer à ce
qu'il mangera?

— Mais, à peu près, répondit le savant ; tout le reste
n'est qu'illusion.

— Jusqu'à présent, poursuivit Tristan, je n'avais
pris vos dissertations gastronomiques que comme un dé-
lassement passager ; il paraît que vous consacrez sérieusement votre existence à une pareille occupation : vous
me permettrez de ne pas vous en féliciter, car rien n'est
plus fatal à l'intelligence ; franchement c'est du temps
perdu, pis encore, mal employé.

— Qu'appelez-vous perdre son temps ? repartit M. Grimardias. Sachez, monsieur, que lorsque l'on mange de
bonnes choses parfaitement apprêtées, c'est au contraire
du temps bien employé. Tous les grands hommes ont
été de mon avis, et je vous le prouverai quand vous
voudrez.

— Il a pu se rencontrer des hommes de génie qui aimaient la bonne chère, répliqua le misanthrope ; c'est
une faiblesse qu'on peut leur pardonner en faveur de leurs
autres qualités ; mais je pourrais vous citer aussi des
hommes éminents, qui tenaient à honneur d'être sobres.

— Monsieur, brisons là. Si vous nous faites l'honneur
d'assister à l'un de nos prochains banquets, j'espère vous

prouver que vous avez tort. Jusqu'à présent, je vous l'ai déjà dit, on n'a pas su étudier l'histoire, et, je crois que si l'on veut avoir maintenant une opinion exacte sur les événements qui se sont accomplis, il faudra commencer par connaître l'art culinaire. Pour le moment, permettez-moi de goûter à ces *pommes*.

Tristan, voyant qu'il avait affaire à un homme non moins entêté que gourmand, ne poussa pas plus loin la discussion, et tout en mangeant sa pomme, M. Grimardias continua son cours oral de gastronomie.

—Voici, dit-il, un fruit que nous devons à la Grèce, et c'était la seule chose que Solon voulait qu'un jeune marié mangeât le soir de ses noces. Que ne devons-nous pas aux Grecs? Les *poires* ont été admirablement cultivées par eux.

— Ils s'occupaient peut-être de cette culture à l'époque où Socrate buvait la ciguë, murmura le misanthrope.

— Je ne parle que de ce que je sais, reprit M. Grimardias. C'est pourquoi je dirai que ce fut saint François de Paule qui apporta de Calabre en France les *poires* connues sous le nom de *bon chrétien*. Louis XI avait fait venir près de lui ce saint homme, espérant que ses prières auraient une puissance efficace pour lui rendre la santé; et comme à la cour, François de Paule était appelé le bon chrétien, on donna ce nom aux *poires* qu'il avait apportées.

— D'après ce que vous nous avez dit sur les *pommes*, le Paradis terrestre était donc situé en Grèce? demanda le célèbre compositeur.

Tous les convives attendirent la réponse du savant,

qui, nous l'avouerons, se fit attendre un peu. Néanmoins, il ne se déconcerta pas.

— Rien ne nous prouve, dit-il, que ce soit une *pomme* qu'Ève ait mangée ; les auteurs sacrés ne sont pas d'accord sur ce point, et quelques uns prétendent même que c'est le fruit du bananier qui a été croqué par la femme d'Adam. Pour ne pas abandonner mon sujet, je vous dirai, messieurs, que les anciens étaient beaucoup plus logiques que nous : ils rendaient justice à qui de droit, et donnaient à un fruit ou à un légume le nom de celui qui l'avait cultivé. En France, nous ne connaissons que le nom du pays où il vient.

— C'est juste, dit Tristan ; malgré le dévoument de Parmentier et les réclamations de François de Neufchâteau, la pomme de terre ne porte pas le nom de *parmentière*.

— A Rome, poursuivit M. Grimardias, on ne s'avisait pas de dire les pommes d'*api* ou de *reinette*, mais les *manliennes*, de Manlius, les *claudiennes*, de Claudius, etc. Cela n'empêchait pas que l'on n'y fît admirablement les gelées de pomme.

— Y a-t-il longtemps que nous mangeons des *pommes* en France ? demanda le rentier.

— Oui ; les pommes de *calville rouge* et de *calville blanc* étaient très communes à Paris au xvie siècle, et les femmes mettaient des pommes de *capendu* dans leurs armoires pour parfumer leurs vêtements.

— Est-ce que l'on connaît l'origine de tous les fruits? dit encore M. Martin.

— On sait quelle est celle d'un grand nombre. Ainsi les *cerises* sont originaires du royaume de Pont, et c'est Lucullus qui les a rapportées en Italie.

— Est-ce à lui, dit l'avocat, que l'on doit ce proverbe, « Ne mange pas de *cerises* avec le grand seigneur, de peur qu'il ne te jette les noyaux au nez? »

— Non, répondit le savant, c'est un proverbe danois. Les *citrons* viennent de la Médie; les *châtaignes* de l'Asie Mineure, d'une ville nommée Castagne. Je me rappelle que l'évêque Fortunat écrivit à ses sœurs qu'il leur envoyait des *châtaignes* « dans un panier tressé de sa main, et des prunes sauvages que lui-même avait cueillies dans la forêt. » Les *pêches* et les *noix* viennent de la Perse. Pendant longtemps, on n'a mangé que des *pêches de vigne;* on ne connaissait pas les *pêches d'espalier.* Louis XIII écrivait en 1615, à ce sujet : « La meilleure *pêche* est celle de Corbeil, qui a la chair sèche et solide, ne tenant aucunement au noyau. » Quant aux *noix*, les Romains en jetaient après le repas de noces dans la chambre qui précédait celle des jeunes mariés; et pendant que les convives s'occupaient à les ramasser, ils laissaient un peu de liberté aux jeunes époux.

— Quelle mémoire! quelle science! voilà au moins des détails plus intéressants que ceux que nous avons entendus sur cette abominable viande de porc, s'écria M. Brillant en vidant son verre.

— La *vigne* et l'*amandier*, poursuivit M. Grimardias, sont originaires d'Asie, le *grenadier* d'Afrique, le *cognassier* de Cydon en Crète, et nous devons à la Grèce l'*olivier* et le *figuier;* ce dernier fut une des causes pour lesquelles Xercès déclara la guerre aux Athéniens. L'*oranger*, qui a été connu d'abord en Chine, a depuis été cultivé en Europe, et le connétable de Bourbon est le premier qui, en France, se soit occupé de sa culture;

Lors de sa révolte contre le roi, celui-ci s'empara de cet arbre précieux que l'on a longtemps conservé à Fontaine-bleau. Pour terminer, je dirai que nous devons l'*abricot* à l'Arménie, que l'*ananas* vient de Surinam, et que les Romains ont rapporté le *concombre* de l'Asie.

— Il me semble, dit M. Martin, que vous avez oublié le *melon?*

— C'est vrai. Le *melon sucré* vient d'Afrique, et César avait dans ses jardins des *cantaloups* d'Arménie. On le cultiva ensuite dans les Gaules, et Charles VIII en rap-porta d'Italie en France. Ce qu'il y a de singulier, c'est qu'en France on consommait autrefois les fruits avant les viandes, et les épices à la fin du repas.

— Et les *prunes*, d'où viennent-elles? demanda encore l'habitant du Marais.

— Les chevaliers, répondit M. Grimardias, nous les ont rapportées de Syrie et de Damas, à la suite des croisades. Quant à leur nom, voici ce que l'histoire raconte : Les *prunes* de *reine Claude* doivent le leur à la première femme de François Ier, qui les aimait beaucoup; celles de *mirabelle* nous rappellent un personnage dont tout gastronome doit chérir la mémoire, le roi Réné; enfin celles de *monsieur* ont été ainsi nommées, parce que Monsieur, frère de Louis XIV, ne pouvait s'en ras-sasier.

— Ces divers personnages devaient avoir souvent la fiè-vre, objecta M. Maigret, car les *prunes* la donnent lors-qu'on en mange trop. Il en est ainsi de presque tous les fruits dont on ne doit user qu'avec modération.

Cette remarque du docteur fit réfléchir M. Brillant qui avait déjà mangé quatre poires de beurré. Il en tenait même une cinquième, qu'il n'eut pas le courage de remettre dans l'assiette. Toutefois ce ne fut qu'avec crainte qu'il mangea cette dernière poire. On le vit prendre ensuite un énorme morceau de fromage, et on l'entendit demander à M. Maigret s'il n'y avait aucun danger à en goûter.

— Peut-être, lui répondit le médecin ; si nous en croyons l'Ecole de Salerne, le fromage a quelques inconvénients.

M. Grimardias, ayant entendu parler de *fromage*, comprit tout de suite qu'il y avait là pour lui une occasion de placer un mot.

— C'est Aristé, roi d'Arcadie, dit-il, qui fit le premier *fromage*. Mais sa fabrication a été bien améliorée par les Romains, qui ont trouvé l'art de le persiller en mettant du thym dans la pâte. Quant à son nom, Grotius dit qu'il lui vient de la forme d'osier servant à l'égoutter. Ce n'est que sous Charles VIII, que le *parmesan* a été connu en France ; et l'on raconte que ce roi envoya deux de ces fromages à la reine et au duc de Bourbon...

— Moi, s'écria d'une voix forte M. Brillant, de tous les fromages, il n'y en a qu'un que je déteste, c'est le fromage d'Italie, et je me disputerais volontiers avec celui qui me soutiendrait que c'est une bonne chose.

Un tonnerre d'imprécations accueillit cette interruption, et peu s'en fallut qu'on ne fît à son auteur un très mauvais parti. M. Grimardias était, avec raison, respecté par les autres convives ; ils le considéraient comme l'âme de leurs banquets. Son savoir était le flambeau qui les éclairait, et pour tout au monde on n'eût pas consenti à lui causer la moindre peine. On ne pouvait donc concevoir comment un homme tel que M. Brillant, remar-

quable sous tant de rapports, l'auteur d'un poëme que
personne n'avait lu, mais qui n'en était pas moins,
disait-on, une œuvre estimable, pouvait à ce point com-
promettre sa dignité, et troubler l'harmonie qui jusqu'alors avait régné parmi nos gastronomes.

Tapagini ne put maîtriser son indignation, et s'adressant à M. Brillant, il l'apostropha en ces termes :

— Ce que vous venez de dire mériterait une punition
exemplaire, et votre conduite est d'autant plus blâmable
que vous m'avez amèrement reproché d'être venu ici sous
un costume que je n'ai pas l'habitude de porter. Sachez
donc, monsieur, qu'il vaut mieux être déguisé en Espagnol et se conduire honnêtement, que d'être en habit
noir et se comporter comme vous venez de le faire.
Sachez aussi que nous ne supporterons pas davantage
vos interruptions.

Le lauréat se sentit piqué au vif; il s'aperçut qu'il était
allé trop loin. Disons pour sa défense que le vin du docteur était terriblement capiteux et qu'il aurait dû s'en
méfier. Cependant; ne voulant pas se faire exclure d'une
société aussi bien composée, et dont, par-dessus tout, il
estimait la cuisine, il se calma immédiatement, et s'excusa de cette manière :

— Messieurs, dit-il, je ne supposais pas que quelques
innocentes plaisanteries pussent vous blesser, et je vous en
demande pardon. Si j'ai dit un mot qui vous ait froissés,
je le rétracte. J'espère que M. Grimardias ne m'en
voudra pas, car personne plus que moi n'admire son
érudition.

« Parasite ! pensa Tristan. Depuis le temps où les
Grecs te faisaient subir mille opprobres, tu as changé de

nom et de forme ; mais je te reconnais : tu n'as pas changé d'âme. »

— Cela nous suffit ; nous avons tout oublié, dit M. Mar tin, avec cette bonhomie qui lui était habituelle.

— Pour moi, je ne saurais garder rancune à M. Bril lant, ajouta Tapagini ; mais je tiens à vous dire pourquoi je suis venu ici déguisé en Espagnol.

— C'est inutile, c'est inutile, s'écrièrent les convives.

— Non, messieurs, reprit le compositeur, cela n'est pas inutile, puisque cet habit me pèse autant sur le corps que sur la conscience ; je serai plus tranquille dès que vous connaîtrez la cause de mon déguisement. Prêtez-moi quelques instants d'attention : Je suppose que vous n'ignorez pas quelle est l'avidité des créanciers : tel que vous me voyez, je suis criblé de dettes. Tant que ma réputation artistique n'a pas été bien établie, ces vampires m'ont laissé en repos. Mais j'ai eu le malheur de composer pour le carnaval un quadrille ayant pour titre : *Les Assiettes cassées* ; il a obtenu un tel succès, qu'il est de bon genre au dessert de briser maintenant toute la vaisselle. Voulant célébrer dignement mon triomphe, j'ai donné à dîner aux principaux exécutants de ce quadrille, et, par une fatalité que je ne puis m'expliquer, la dépense s'est trouvée au-dessus de mes ressources. Depuis ce moment, le papier timbré, les huissiers, les saisies, les recors sont tombés sur moi avec un acharnement que je ne puis comparer qu'aux sept plaies d'Egypte. Aujourd'hui même, en vertu d'une contrainte par corps, je devais aller prendre domicile dans une maison que je ne connais que trop ; mais

j'ai dépisté mes argus, et, pour mieux les tromper, je me
suis déguisé tel que vous me voyez. Je n'osais monter en
cet état, lorsque la faim, la pluie que j'avais reçue et
l'envie de vous voir, m'ont donné la force nécessaire
pour me présenter au milieu de vous. Voilà la vérité
tout entière : je souhaite qu'elle m'excuse à vos yeux, et
j'ajoute que je désire sincèrement que M. Martin me pardonne le tour que je lui ai joué.

— De tout mon cœur, répondit le rentier, quoique vous
m'ayez bien effrayé. Buvons un coup à votre santé, et
à l'espérance que les recors ne pourront jamais vous
atteindre.

Tous les convives se levèrent et trinquèrent avec cor-
dialité. L'heure les avertissant qu'il était temps de se
séparer, chacun fit ses adieux au docteur et le félicita sur
l'ordonnance de son dîner et l'excellence des mets qui
avaient été servis.

En descendant l'escalier, M. Brillant dit au philosophe :
« J'ai eu pendant longtemps la pensée de me faire mu-
sulman ; il y a de bonnes choses dans cette religion.
Qu'en pensez-vous ?

— Cela ne pourrait vous convenir, monsieur.

— Pourquoi donc ?

— Parce que la loi de Mahomet n'interdit pas seulement la viande de porc, elle défend aussi l'usage du
vin.

Le parasite tira son chapeau aussi bas que possible, fit
une grande salutation, et rentra chez lui la tête un peu
lourde, les jambes légèrement flexibles, en se disant :
« C'est singulier ! aucun de ces Messieurs n'a indiqué le
jour où l'on irait dîner chez lui. »

Dans sa route, Tristan rencontra quelques gamins qui couraient après un masque, qu'il crut, à son chapeau à plumes, reconnaître pour Tapagini. « Pourvu, pensa-t-il, que l'amour du plaisir ne fasse pas perdre à cet homme le précieux trésor de l'intelligence; pourvu surtout que son cœur ne se dessèche pas! » Et il regagna sa demeure, l'esprit torturé par un nouvel accès de misanthropie.

CHAPITRE TROISIÈME.

La Mi-Carême.

⸺◦⸺

I

Il s'était écoulé plus d'un mois sans que nos gastronomes se fussent réunis, et M. Martin commençait à s'ennuyer énormément. Il aurait bien voulu donner un dîner au moins pendant cette longue période, mais sa femme s'y opposa. Il fallut donc qu'il se résignât à relire ses auteurs favoris.

Le soi-disant lauréat de Carpentras était d'une tristesse mortelle qui menaçait de dégénérer en spleen. Il craignait que sa conduite à la dernière soirée n'eût indisposé contre lui les autres membres de la société, et se désolait en disant : « C'est ma faute !... mais pourquoi aussi ont-ils tant parlé de cette viande dont je ne puis manger sans horriblement souffrir ? » Il avait bien trouvé à dîner chez quelques uns de ses admirateurs ; seulement il n'y avait pas de comparaison possible entre ces modestes repas et ceux du *Banquet des sept Gourmands.*

Tout à coup, il pensa qu'il ne serait peut-être pas inutile d'aller voir notre habitant du Marais; il était au mieux avec lui, et si les autres personnes lui gardaient rancune, il pouvait compter sur la bienveillance de M. Martin, qui, lors même qu'il l'eût voulu, n'aurait pu conserver de ressentiment contre lui.

Cette heureuse inspiration lui porta bonheur; car, en entrant chez le rentier, celui-ci lui dit d'un air radieux : « Eh bien! nous dînons ce soir chez M. Patelin; j'ai reçu hier l'invitation que voici :

M. Brillant lut en effet la lettre suivante :

« Cher disciple de Comus,

» Je vous attends demain à cinq heures précises du soir. Nous fêterons, avec nos excellents amis, le grand jour de la Mi-Carême, si cher aux bons gourmands. Je viens de plaider pour un charcutier, accusé d'avoir salé ses viandes avec du salpêtre. J'ai eu le bonheur de pouvoir démontrer au tribunal que, d'une part, le salpêtre avalé en petite quantité ne nuisait point à la santé; et que, d'autre part, mon client n'ayant jamais été poursuivi pour d'autres délits, jouissait dans son quartier d'une excellente réputation. Ces motifs ont décidé le tribunal à ne le condamner qu'à trois mois de prison et à quatre mille francs d'amende. Sans ma défense, il eût pu en avoir pour deux ans.

» Je vous donne ces détails, parce que je crois qu'ils vous feront plaisir, et je compte sur vous pour demain soir.

» A vous, etc. »

Après la lecture de cette lettre, le visage du lauréat devint violet; il chancela sur sa chaise, et se reprocha avec plus d'amertume que jamais ses malencontreuses interruptions pendant le dîner du Mardi-Gras.

— Qu'avez-vous ? lui dit le rentier. Vous paraissez mal à votre aise ; seriez-vous indisposé ? Ce serait fâcheux, car il est quatre heures et j'espérais que nous partirions ensemble.

— Je ne puis aller avec vous, répondit le parasite dont l'émotion brisait la voix...... je... je ne suis pas invité...

— C'est une erreur involontaire. Qui sait ? on a peut-être oublié de vous remettre la lettre de M. Patelin. Mais cela ne fait rien ; venez avec moi ; je suis persuadé que tout le monde sera content de vous voir. Surtout, plus de plaisanteries à l'égard de M. Grimardias.

— Non ; je n'accepterai pas. D'ailleurs je suis attendu autre part...

— Raison de plus ; on vous saura gré de la préférence que vous nous donnerez. Allons ! venez donc, c'est moi qui vous en prie.

M. Brillant ne se le fit pas répéter. La crainte d'être mal accueilli, le rôle ridicule qu'il allait jouer, rien ne put l'empêcher de céder à l'attrait d'un bon dîner. C'était pourtant bien assez d'être gourmand sans y joindre encore l'abaissement du caractère.

II

A cinq heures moins un quart, M. Brillant arrivait chez M. Patelin en donnant le bras au rentier. Celui-ci, en entrant, s'adressa à l'avocat qui paraissait surpris de voir le parasite :

— Je vous amène notre bon ami, lui dit-il ; il nous sa-
crifie une invitation qu'il avait reçue pour ce soir. Vous
ne me blâmerez pas, car j'ai eu toutes les peines du
monde à le décider à venir.

— Vous avez eu parfaitement raison, répondit M. Patelin ; monsieur Brillant ne sera jamais de trop. Et pendant
que le parasite s'asseyait à côté du savant, l'avocat parla
tout bas au rentier : « Je ne l'avais pas invité, lui dit-il,
parce que je ne puis supporter les gens qui s'enivrent. J'espère qu'aujourd'hui il se conduira mieux ; sans cela...

— Que voulez-vous ? à tout péché miséricorde ! répondit
M. Martin. D'ailleurs, je vais me mettre à côté de lui, et
je le surveillerai.

Tous les convives s'étant placés, on servit du potage au
riz. Le plus grand silence régna pendant ce premier
service, mais bientôt Tapagini prit la parole :

— Cet excellent potage me rappelle une anecdote
que j'ai souvent entendu raconter en Lombardie. Tous
les dîners, en ce pays, commencent invariablement par
un *potage au riz*. Rossini venait de terminer l'opéra de
Tancrède, et le morceau qu'il avait composé pour l'entrée du personnage principal n'avait pu convenir à la fan-
tasque Malanotti. Ennuyé, tourmenté par les exigences
de cette actrice, notre maëstro rentre chez lui, et son
cuisinier lui demande s'il faut mettre le *riz* au feu, ce
qui voulait dire que le dîner était prêt, puisque, selon la
méthode italienne, il ne faut que quelques minutes pour
faire cuire cette graine. Rossini, quoique pressé par la
faim, ne répond pas d'abord à cette question ; tout à coup,
comme par une sorte d'inspiration : Oui, s'écria-t-il avec
force. Le cuisinier court à ses fourneaux, et le potage était

à peine servi, que l'immortel musicien avait composé le fameux air : *Di tanti palpiti*, qu'en raison de cette circonstance, on appela l'*air du riz*.

— C'était sans doute l'espoir de bien dîner, ou peut-être l'odeur du potage qui avait si bien inspiré le compositeur, dit M. Grimardias. Je pencherais plutôt vers la dernière opinion, car le *riz*, que nous devons à l'Orient, est le digne rival du pain. Aussi il s'en consomme beaucoup en Amérique, en Afrique et en Asie. Quant au *potage*, il y a bien longtemps qu'on lui rend justice. Il est même curieux de lire dans Grégoire de Tours que le roi Chilpéric invita gracieusement ce chroniqueur à venir prendre sa part d'un potage à la volaille.

— Les poésies du xiie et du xiiie siècle parlent de la purée au lard, au gruau et aux légumes, ajouta M. Brillant, qui, grâce aux soins de M. Martin, n'avait pas bu un seul verre de vin pur depuis son arrivée.

— Quand Du Guesclin, continua le savant, fut défié par Guillaume de Blancbourg, avant d'aller se battre, il mangea *trois soupes au vin*, pour rendre hommage aux trois personnes de la Sainte-Trinité. Le potage ! mais il a été glorifié dans tous les temps. Est-ce que Taillevent ne nous dit pas dans son Traité, qu'il n'y avait rien de meilleur que les soupes à l'ognon, aux fèves et à la moutarde ? Est-ce que Platine ne nous parle pas avec éloge des potages aux amandes, au coing, au verjus, à la citrouille, au sureau et au chènevis ? Est-ce que cet immortel auteur ne cite pas aussi des potages que nous trouverions maintenant singuliers, et qui se composaient ou de millet, ou de fenouil, ou de persil ?

Notre savant eût achevé la nomenclature de toutes les

plantes et de tous les légumes du globe terrestre, si l'haleine ne lui avait fait défaut. Mais, semblable au coursier qui sent l'éperon, il termina néanmoins son dithyrambe en l'honneur du potage.

—Tout ce que je viens d'énumérer, ajouta-t-il, ne saurait être comparé au potage au riz. Consultons l'histoire, — et à ce propos, je regrette que M. Tristan ne soit pas au milieu de nous, je lui prouverais que Comus et Clio sont presque toujours d'accord. — Consultons l'histoire, et nous verrons qu'en 1448, les statuts de l'ordre de saint Claude spécifient en termes précis que, pendant le carême, les religieux de cet ordre auront droit trois fois par semaine à un potage au riz. La passion pour le potage alla même si loin que dans un repas on en servait plusieurs à la fois. C'est ce qui, en 1304, décida le concile de Compiègne à défendre aux ecclésiastiques d'avoir sur leurs tables plus d'un potage et de deux plats, à moins qu'ils n'eussent un invité; dans ce cas, on leur permettait un entremets en plus. Beaujeu et Champier nous disent qu'au XVIe siècle le potage au riz jouissait d'une vogue extraordinaire, et qu'il n'y avait pas de festins où l'on n'en servît. Enfin, pour terminer sur ce sujet qui exigerait de grands développements, j'ajouterai que la *panade* était connue au XVIe siècle, et qu'au XVIIe l'auteur du *Lutrin* parle du *potage à l'argent* comme d'un mets exquis.

—Qu'est-ce que ce potage? demanda M. Martin.

—Je ne saurais vous dire de quoi il était composé; je sais seulement que ce nom lui vint de l'enseigne du traiteur qui le préparait.

—Il me semble, repartit le compositeur, que nous n'avons pas parlé du *macaroni*. Si vous le voulez, je vous en dirai quelques mots. A Naples, on en mange considérablement. Il est d'ordinaire fabriqué avec des *grano-duro*, petits grains serrés qui croissent sur les bords de la mer Noire. Les gens riches l'aiment beaucoup, car malgré le bon marché du *macaroni*, il y a encore en Italie une infinité de pauvres diables qui ne vivent que de pain de sarrasin, d'ognons, d'ail et de *minestra verdre*. On nomme ainsi un triste ragoût composé de lard et d'herbes. Le *macaroni* me fait souvenir d'une autre anecdote que je vous raconterai, si toutefois je ne vous ennuie pas trop.

— Nous écoutons, répondirent les convives.

— Nicolo était aussi gourmand que bon compositeur, et au-dessus de tout il plaçait le *macaroni*. Il l'apprêt lui-même, et dans chaque tuyau, il introduisait du foie gras, des filets de gibier, des truffes, etc., et mangea le tout avec un recueillement profond. La main sur yeux, le front méditatif, on eût pu supposer qu'il improvisait quelque nouvelle mélodie... Le gourmand ne pens qu'à ce qu'il pourrait mettre la prochaine fois dans tuyaux de son macaroni.

M. Grimardias sourit en écoutant cette anecdote, et mangea de très bon appétit un morceau de langue de parfaitement assaisonnée dont tout le monde chanta louanges.

— Je suis content, lui dit l'avocat, que vous ayez même goût que quelques anciens possesseurs de fiefs. vertu de leurs priviléges, ils avaient droit à la proprié de toutes les *langues de bœufs* tués sur leurs domaines; sous Louis XI, cette faveur fut souvent revendiquée.

— Le maréchal d'Hocquincourt avait une autre passion reprit le savant : il raffolait des *queues de mouton*, et po

s'en excuser, il assurait que cela le mettait en gaîté. Il faut
dire aussi que son cuisinier les accommodait parfaitement.
Lorsque ce maréchal allait en campagne, on lui préparait
une cargaison de *queues de mouton* qu'on mettait dans des
caisses ; et si nous en croyons les mémoires du temps,
ce bagage n'amusait pas moins les officiers de l'armée que
le maréchal lui-même. J'ajouterai que ce guerrier eût été
très malheureux chez les Egyptiens de Thèbes, qui, ado-
rant Ammon sous la figure d'un bélier, ne tuaient jamais
de moutons.

— J'ai lu, continua le rentier, que toutes les fois que
le maréchal de Mouchy perdait un de ses amis ou un de
ses parents, il disait à son cuisinier : « Tu me donneras
pour mon dîner deux *pigeons* rôtis ; j'ai remarqué qu'a-
près en avoir mangé, je me lève de table beaucoup moins
chagrin. »

— C'était se consoler à peu de frais, répliqua Tapagini ; mais si la chair de ces oiseaux eût eu réellement
cette propriété, les pigeons seraient devenus bien rares.

— A la manière dont nous traite M. Patelin, on ne se
douterait guère que nous sommes en carême, dit M. Brillant, dont le rentier continuait à baptiser le vin. Cet
aloyau est si tendre, si bien cuit que je n'oserais affirmer
que j'en aie déjà mangé de semblable. Je suis sûr qu'en
nous l'offrant, notre ami s'est souvenu que c'était aussi
un *aloyau* qu'Agamemnon fit servir à Ajax, pour le récompenser de la valeur qu'il avait déployée dans son
combat contre Hector.

— Mon Dieu, non ! répondit l'avocat : mais je puis vous
apprendre que si jadis, en Pologne, nous eussions été surpris à manger de la viande en carême, on nous aurait tout

simplement arraché les dents, en vertu d'une loi que pour mon compte je trouve fort peu chrétienne.

— Quelle horreur ! s'écrièrent avec un ensemble parfait les cinq gourmands ; et M. Grimardias ajouta : « C'est sans doute inspiré par une aussi atroce doctrine qu'un Italien nommé Parabosco fit une satire contre les *dents*. »

— Il n'en avait peut-être plus une seule, lorsqu'il composa ce stupide ouvrage, ajouta Tapagini.

— Ne soyez pas surpris, messieurs, reprit l'avocat ; je vais vous citer quelque chose d'encore plus inhumain. En 789, Charlemagne, voyant que l'observance du carême était peu suivie, défendit, sous peine de mort, de manger de la viande pendant ce temps, à moins toutefois que ce ne fût par nécessité ou en secret. Dans ces deux cas, l'évêque avait alors le pouvoir de soustraire le coupable au supplice en lui imposant une pénitence.

— Vous me croirez si vous voulez, mais je préfère l'édit de Charlemagne à la loi polonaise, répliqua Tapagini en mettant avec délices un énorme morceau de viande dans sa bouche.

— Lorsque le protestantisme, poursuivit M. Patelin, s'introduisit en France, les catholiques redoublèrent de vigilance pour l'observation du carême, et les plus petites infractions furent punies bien sévèrement. C'est ce qui faisait dire à Érasme : « On emmène au supplice celui qui, au lieu de poisson, a mangé du porc. Quelqu'un a-t-il goûté de la viande, tout le monde s'écrie : O ciel ! ô terre ! ô mer ! l'Église est ébranlée, le monde est inondé d'hérétiques. » Brantôme nous raconte à ce sujet une scène qui se passa dans une ville de province :

Une femme avait été remarquée à la procession à cause

de son extrême ferveur ; elle marchait nu-pieds, faisant *la marmiteuse plus que dix*. Mais, en rentrant chez elle, la fausse dévote dîna avec son mari, et ils mangèrent une tranche de jambon et un quartier d'agneau. On sentit l'odeur jusque dans la rue, et de charitables voisins allèrent dénoncer les deux époux ; la femme fut emmenée et condamnée à être promenée par la ville ayant son jambon pendu au cou et son quartier d'agneau sur l'épaule.

— Si M. Tristan était là, dit le parasite, il ne manquerait pas d'en conclure que cette femme a été punie de sa gourmandise.

— Quoique M. Tristan ne partage pas nos opinions gastronomiques, répliqua Tapagini d'un ton bref, je suis certain que vous lui prêtez une idée qu'il n'eût pas émise ; et quoique ici il ne plaise pas à tout le monde, j'aurais désiré qu'il fût ce soir avec nous.

— Je lui ai adressé une invitation, dit M. Patelin, et j'ai prié le docteur de joindre ses instances aux miennes.

— Tristan ne pouvait venir ce soir, répondit M. Maigret ; un devoir impérieux le retient chez lui.

— Ou plutôt un accès de misanthropie ; cela rend malade quelquefois, ajouta M. Brillant d'un ton qu'il tâcha de rendre aussi doucereux que possible.

Tapagini et M. Maigret lancèrent au parasite un coup d'œil où le mépris se mêlait à l'indignation. Il s'en aperçut, et baissant les yeux, il mangea avec lenteur tout ce qui se trouvait sur son assiette. Ne voulant pas rester dans cette situation, et désirant obtenir au moins un appui sérieux dans cette réunion, il s'adressa à M. Grimardias, en le priant de lui faire connaître à quel événement on pouvait rapporter l'institution du carême.

— Selon les Pères de l'Église, répondit le savant, le *quaresme*, en latin *quadragesima*, remonte aux premiers temps du christianisme, en mémoire du jeûne de Jésus-Christ dans le désert. Mais d'autres historiens assurent que cette institution vient d'Egypte, et que nous la devons aux prêtres d'Isis. D'après leur dogme religieux, ils pensaient qu'il était utile qu'il y eût une époque dans l'année où le corps se purifiât de ses souillures, et pour y parvenir ils employaient la macération et le jeûne.

— J'aurais eu beaucoup de peine à m'accoutumer à un pareil régime, même pendant huit jours, ne put s'empêcher de répondre l'auteur de la *Marche des écrevisses*.

Le savant continua :

— Le jeûne du carême fut rigoureusement observé par les premiers chrétiens et les premiers moines. Ainsi ceux qui s'établirent en Égypte ne mangeaient que douze onces de pain sec pendant toute une journée; encore était-ce à trois reprises différentes : le tiers à trois heures de l'après-midi, à nones, et le reste le soir avec un peu d'eau. Afin de rendre hommage aux plaies du Christ, dans certains couvents l'on saignait même les moines pendant le carême, et cette opération s'appelait *minutio monachi*.

— Mais, demanda M. Martin, le jeûne était-il généralement observé en France?

— Pas absolument; beaucoup de gens ne s'y conformaient pas.

— A-t-il toujours été défendu de manger de la viande?

— La défense de certains aliments a subi une infinité de variations depuis le commencement du christianisme. Dans les premiers temps, les fidèles furent très divisés sur ce point : les uns s'abstenaient de manger de la viande, quelle qu'elle fût ; les autres, plus sévères encore, proscrivaient les œufs, le poisson et les fruits ; mais la majeure partie se nourrissait de poisson et de volaille.

— Pourquoi plutôt cela qu'autre chose? dit Tapagini.

— C'est qu'au livre de la Genèse il est écrit que les oiseaux et les poissons ont été créés le même jour, et l'on en a conclu qu'ils devaient être de même nature.

— Cette opinion me réconcilie un peu avec le carême, répliqua naïvement le compositeur ; mais je voudrais savoir maintenant pourquoi on fait maigre le samedi.

—Si l'on en croit Raoul Glober, chroniqueur du xie siècle, répondit M. Grimardias, la défense de manger de la viande le samedi serait due à un concile qui, désolé de voir la France en proie à la guerre et aux calamités, aurait voulu, par l'abstinence de la viande le samedi, rendre grâces à Dieu des quelques jours de paix et de tranquillité qu'il venait d'accorder. Dans les hôpitaux on observait scrupuleusement le carême ; l'on y consommait énormément de poissons, et surtout de *harengs*. Thibaut VI, comte de Blois,—il faut toujours en revenir à l'histoire, —fit, en 1215, un don annuel de 500 *harengs* à l'hôpital de Beaugency, et Louis IX en donna aussi 68,000 aux hôpitaux et aux léproseries de France. J'ai même lu dans l'*État des biens et dépenses annuelles pour l'Hôtel-Dieu de Paris*, à la date de 1660, qu'on dépensait tous les ans 9,200 livres pour 23,000 *carpes*, et 2,320 livres pour des paniers de marée et de *harengs* fournis aux malades et aux domestiques de l'hôpital.

— Avec toutes ces carpes et tous ces harengs, quelques uns de ces pauvres malades ont dû s'étrangler, fit observer Tapagini, qui, n'étant plus gêné par un costume excentrique, parlait avec une entière liberté d'esprit.

— On a publié, reprit M. Patelin, depuis le commencement du XVIᵉ siècle jusque vers le milieu du XVIIᵉ, une multitude d'ordonnances et d'édits sur l'abstinence pendant le carême. On ne permit qu'aux malades l'usage de la viande ; encore cette faveur ne put-elle être accordée que sur les certificats du médecin et du curé. La vente de la viande de boucherie avait lieu dans les hôpitaux, car la volaille et le gibier furent décidément interdits. Les Parisiens, amoureux du fruit défendu, et tenant à conserver les bonnes traditions culinaires, allaient à Charenton, où il y avait un prêche, et là ils se régalaient de viande en plein carême. Malheureusement, une ordonnance de 1659 mit obstacle à ces voyages gastronomiques et défendit, sous les peines les plus sévères, l'usage de la viande. Cette interdiction contraria beaucoup les Parisiens, peu disposés à imiter les anciens habitants de Constantinople....

— Comment, objecta le compositeur, ils étaient donc chrétiens ?

M. Grimardias et l'avocat sourirent de l'ignorance du maëstro, mais, en gens bien appris, ils ne la lui firent pas sentir ; M. Patelin se contenta d'achever le récit qu'il avait commencé.

— En 546, dit-il, Justinien permit aux bouchers de Constantinople de vendre de la viande pendant le carême, en raison de la disette des blés, du vin, de l'huile et du poisson. Le peuple tout entier refusa de profiter de cette faveur. Il y avait un grand mérite à se conduire ainsi, puisqu'une erreur ayant été commise dans le calcul des jours de l'année, le carême dura cette fois bien plus longtemps qu'à l'ordinaire.

Pendant que l'avocat parlait ainsi, M. Grimardias retournait ses poches en tous sens ; vainement il en avait tiré une masse de petits papiers, écrits d'une façon indéchiffrable pour tout autre que pour lui, il cherchait toujours ; enfin, il parvint à réunir quelques feuillets, et lut ce qui suit :

« Le *jeûne* était en usage chez les Romains et chez les Grecs. Aristote nous apprend que les Lacédémoniens, voulant secourir une ville assiégée, imposèrent un *jeûne* sévère à tous les peuples qui leur étaient soumis. Ils n'en exceptèrent pas même les animaux domestiques. En agissant ainsi, ils espéraient ménager leurs provisions, et attirer aussi la protection des dieux sur la ville qu'ils voulaient sauver.

» Plusieurs fêtes religieuses étaient précédées, chez les Athéniens, de *jeûnes* rigoureux. On peut citer, entre autres, celles d'Eleusine et des Thesmophories. Les femmes se revêtaient d'habits de deuil, s'asseyaient à terre, et passaient ainsi un jour entier sans prendre de nourriture.

» On jeûnait aussi en l'honneur de Cérès et de Jupiter. Les prêtres de ce dieu qui habitaient l'île de Crète s'engageaient à ne manger pendant toute leur vie ni viande ni poisson, et à ne se nourrir que de crudités. Le paganisme exigeait souvent ces sortes de sacrifices, non seulement de ses prêtres et prêtresses, mais encore de ceux qui voulaient être initiés à ses mystères. Pour obtenir des réponses des oracles, pour se rendre les dieux favorables, on passait la nuit dans les temples, ou bien on jeûnait ou l'on se purifiait de quelque manière que ce fût. Généralement, le *jeûne* précédait toutes les cérémonies religieuses. C'est ce qui prouve que le christianisme... »

Notre savant s'arrêta tout à coup ; il ne put retrouver la suite de ses feuillets, et après avoir de nouveau fouillé dans ses poches avec un soin tout particulier, il se vit forcé de dire :

— Je vous demande pardon, messieurs…. j'aurai sans doute laissé le reste à la maison. Je n'ai plus là que ce qui regarde les Chinois et les mahométans.

— Lisez tout de même, répondit M. Brillant ; vous nous ferez toujours plaisir.

M. Grimardias lut donc encore les lignes suivantes :

« En Chine, le *jeûne* est très fréquent. Les mandarins le prescrivent pour obtenir du beau temps ou de la pluie, et pendant ce *jeûne* aucun boucher ne peut vendre de viande, sous peine de sévères punitions. Les jours d'abstinence font partie du deuil, et dès qu'un père est mort, ses enfants restent plusieurs jours sans boire de vin ni manger de viande.

» Chez les musulmans le *jeûne* a lieu principalement pendant la lune du Rhamadan. D'après le Coran, celui qui n'observe pas cette abstinence est tenu de donner un repas à soixante pauvres, de jeûner soixante jours, et de mettre un de ses esclaves en liberté. Quelques casuistes mahométans ont décidé qu'on rompait le *jeûne* en mangeant de la pierre, de la terre, de la toile ou du papier. »

Le savant remit ses notes dans sa poche, où elles se trouvèrent mêlées comme des cartes qu'on aurait battues. M. Martin dit alors avec un profond accent de vérité :

— Ma foi ! on peut, si l'on veut, médire de notre époque ; mais quand je pense à tout ce que vous venez de lire, je remercie le ciel de m'avoir fait naître au XIXᵉ siècle. Quarante jours sans manger de viande !..

— Et vous avez bien raison, répliqua M. Grimardias ;
vous ne vous seriez guère trouvé à votre aise sous le roi
Jean. A défaut d'autre aliment, on mangeait, en carême,
du chien de mer et du marsouin ; on alla même, dans le
Midi, jusqu'à se régaler de petites baleines et de dauphins.

— J'ai acheté depuis quelques jours, reprit le rentier,
une gravure pour orner ma salle à manger, et je n'ai pu
encore deviner ce qu'elle signifie. Elle représente des
poissons et des animaux aquatiques chassant avec énergie
des bœufs, des pourceaux, des coqs, des lièvres, etc.

— C'est le *Triomphe du Carême*, de Romeyn de Hooghe,
que vous possédez, répondit M. Grimardias. On suppose
que c'est une pensée politique qui a inspiré l'artiste. Il
était Hollandais, et sous l'impression de la guerre que
Louis XIV fit à son pays, il a, par une allégorie, person-
nifié les victoires de l'Angleterre et de la Hollande contre
la France.

— Les *œufs* ont-ils toujours été défendus pendant le
carême ? demanda M. Martin.

— A peu près, répondit le savant. Un évêque, homme
de bon sens, comprenant combien il était difficile aux
pauvres gens de suivre les rigoureuses prescriptions de
l'Église, fit, en 1555, un mandement qui permettait de
manger des *œufs*. La cour regarda cet acte comme scan-
daleux, et l'évêque fut dénoncé, quoique le pape Jules III
eût précédemment permis, par une bulle, de manger des
œufs en carême. Le parlement attaqua le mandement de
l'évêque ; et en dépit de la bulle papale, en dépit du parlement, on interdit les *œufs* pendant les jours saints.
Depuis cette époque, on ne les permet que d'après les au-
torisations particulières des archevêques et des évêques.

8.

— Quelle est donc l'origine des *œufs rouges?* demanda
encore le rentier.

— C'était, répondit M. Grimardias, pour honorer la
mémoire de Castor et Pollux que les Romains se faisaient
présent d'*œufs rouges* au renouvellement de l'année. Au
reste, ils ont toujours vénéré les *œufs*; ils les employaient
dans les sacrifices, et, aux fêtes de Cérès, un *œuf* était
promené pompeusement. L'antiquité l'a regardé comme
l'emblème du monde et des éléments. Les philosophes prétendaient que la coquille représentait la terre; que le blanc
était l'image de l'eau; que le jaune était le feu et que
l'air se trouvait sous la coquille. Pythagore interdisait les
œufs à ses adeptes, parce qu'il ne voulait pas qu'ils détrui-
sissent un germe que la nature destinait à la reproduc-
tion. Les Romains avaient emprunté ce proverbe aux
Grecs : « *Raccommodez donc la coquille d'un œuf cassé,* »
ce qui voulait dire : Entreprenez donc quelque chose d'impossible. On disait aussi dans l'antiquité : *Ab ovo usque
ad mala,* « depuis les œufs jusqu'aux pommes, » (depuis
le commencement du repas jusqu'à la fin.)

— Est-il vrai que, le jour de Pâques, Louis XV en distribuait à ses courtisans et à ses favorites ? demanda Tapagini.

— Oui ; le jour de Pâques, on voyait dans le cabinet de
ce roi une grande quantité d'*œufs* disposés en pyramides. Ils étaient ornés, dorés, et même gravés avec élégance.
Après la grand'messe, Louis XV en donnait un à chacune des personnes qu'il affectionnait le plus.

— Oh ! les excellents *choux* de Bruxelles; quel parfum !
quel goût ! s'écria le parasite.

— On a beaucoup calomnié le *chou,* répondit aussitôt

M. Maigret. Heureusement qu'il a rencontré de valeureux défenseurs. Chrysippe, médecin célèbre, a composé un énorme volume sur ses qualités, et Galien en fait un pompeux éloge. Pythagore et Caton en ont parlé souvent, et ce qui répond à toutes les objections, c'est que les Argiens vénéraient tellement ce légume qu'ils ne juraient que par lui.

—Ils ont eu bien raison, dit le rentier, car j'ai lu que « les légumes sont la plaque d'assurance contre l'incendie de l'estomac. »

—L'Égypte, continua le médecin, a fait un admirable présent à l'Italie, en lui donnant les *choux verts* et les *choux rouges* ; nous devons remercier aussi les maraîchers du Nord, qui nous ont gratifiés des *choux blancs*. Il est vrai que nous n'avons connu les *choux pommés* que vers le xe ou le xie siècle.

—Voudriez-vous, docteur, dit Tapagini, me passer un peu de ces *lentilles*, qui me paraissent valoir vos choux ?

—Volontiers : je ne saurais vous refuser ce que Pythagore considérait comme un excellent remède contre plusieurs maladies. Cette opinion du vieux philosophe peut lui faire pardonner l'aversion qu'il portait à la viande.

—Les Romains, ajouta M. Grimardias, étaient loin de partager l'opinion de Pythagore, car ils ne regardaient les *lentilles* que comme un légume destiné seulement aux repas funèbres ; et Cicéron avait pour elles un souverain mépris. Il disait qu'il fallait les laisser aux paresseux (*ens à lente*). La superstition était poussée si loin à leur égard, que Crassus, combattant les Parthes, croyait qu'il serait vaincu, parce que, le blé lui manquant, il se vit forcé de distribuer des *lentilles* à ses soldats. Pour moi, je n'ai aucun préjugé contre les légumes ; je les aime tous, et sous ce rapport je ressemble à Charlemagne. Dans ses *Capitulaires*, ce monarque nous parle longuement du *cresson*, de la *chicorée*, du *persil*, du *cerfeuil*, des *carottes*, des *poireaux*, des *navets*, des *laitues pommées*........

— Pardon, dit M. Maigret, la *laitue pommée* a été rapportée d'Italie par l'immortel auteur de Pantagruel.

— C'est possible, répliqua le savant ; mais je suis sûr qu'il est question de *laitue* dans le Capitulaire de *Villis* ; peut-être n'était-elle pas pommée. J'ai partagé en cela l'erreur commune à beaucoup de gens, qui croient que les légumes ou les fruits que nous mangeons dans notre pays, en sont originaires. Rien de plus inexact : Les *épinards* viennent de la Hollande, et n'ont été cultivés en France que vers la fin du XVIe siècle ; les *asperges* ont été d'abord connues en Asie, et l'on en mangeait beaucoup à Rome où l'on savait les faire cuire avec une excessive promptitude. De là, ce mot d'Auguste lorsqu'il voulait qu'une affaire se terminât promptement : « Il n'y faut pas mettre plus de temps qu'à cuire une asperge ; » la *capucine* est originaire du Pérou ; et les *haricots* ont été rapportés de l'Inde par Alexandre. Qui penserait aussi que les *artichauts* ont été apportés de Venise en France en 1473 ?...

— Ils sont beaucoup plus anciens, repartit M. Maigret : Théophraste en parle comme étant à son époque des chardons comestibles. Quant aux vertus de l'*artichaut*, elles sont nombreuses : il est nourrissant, cordial, sudorifique, et purifie le sang.

M. Grimardias continua sa dissertation :

— Je regrette, dit-il, de ne pouvoir vous citer l'origine du *navet* : j'y suppléerai en vous racontant une anecdote :

« Un cordonnier fit présent au czar Basilowitz d'un énorme *navet*. L'empereur, enchanté de ce présent, récompensa celui qui le lui avait fait, et ordonna à tous ses valets de se faire chausser par ce cordonnier, en le payant largement. Un seigneur de la cour, voyant qu'un *navet* avait conquis au cordonnier les bonnes grâces de son souverain, imagina d'offrir son plus beau cheval au czar. Celui-ci reçut ce présent avec amabilité ; mais, pour récompense, il ne donna à ce seigneur que le *navet* du cordonnier. » Revenons à des choses plus sérieuses : les *radis* sont originaires de la Chine...

— Ils sont apéritifs, ajouta le docteur ; c'est pourquoi on en sert toujours au commencement de chaque repas.

— Auriez-vous la bonté de nous dire, demanda Tapagini au savant, si vous connaissez aussi l'origine des *petits pois ?*

M. Grimardias se gratta l'oreille d'un air fort embarrassé.

— Non, répondit-il ; mais je sais seulement que les Romains n'y attachaient pas la moindre importance, car ils en nourrissaient leurs chevaux et leurs esclaves. En France, on ne reconnut leurs qualités qu'au xviiie siècle, et dans une lettre que je crois avoir sur moi, madame de Maintenon en parlait en termes pompeux.

Le savant tira son portefeuille, et déployant une feuille de papier qui n'était pas d'une entière blancheur, il lut ce qui suit :

« Le chapitre des petits pois dure toujours ; l'impatience

d'en manger, le plaisir d'en avoir mangé, et la joie d'en manger encore, sont les trois points que nos princes traitent depuis quatre jours.

» Il y a des dames qui, après avoir soupé avec le roi et bien soupé, trouvent des pois chez elles pour manger avant de se coucher, au risque d'une indigestion : c'est une mode, une fureur, et l'une suit l'autre. »

— Quel trésor scientifique que l'esprit de M. Grimardias ! dit avec emphase le parasite; si ce n'était abuser de sa bonté, je lui demanderais ce qu'il pense des *fèves* et s'il est avéré que Pythagore les ait interdites à ses disciples; car vous savez, messieurs, que Plutarque a soutenu que le philosophe de Samos aimait ce légume?

— La question mérite une réponse sérieuse, et elle a donné lieu à mainte controverse, répondit le savant. On a écrit que Pythagore défendait de manger des *fèves*, parce que cette plante était consacrée aux morts, qu'on l'offrait aux dieux infernaux, et qu'elle servait à évoquer les esprits.......

— Ceci n'a trait qu'aux croyances superstitieuses, répliqua M. Maigret; mais une autre raison pouvait engager Pythagore à interdire les *fèves*; c'est qu'elles sont difficiles à digérer. Et là-dessus, Théophraste, Clément d'Alexandrie, Pline et le divin Hippocrate sont unanimes.

— Il est certain, ajouta M. Grimardias, que Pythagore a dit à ses disciples: « Abstenez-vous des *fèves*. » Mais entendait-il parler du légume ou des charges publiques que l'on obtenait par l'élection, car à cette époque les suffrages s'exprimaient par des *fèves?* Je ne puis me décider à me ranger à l'un ou l'autre avis.

—En tous cas, reprit M. Maigret, je puis vous affirmer que les Egyptiens n'en mangeaient pas, et que les élégants du moyen âge se lavaient avec de l'eau de *fèves* pour se blanchir le teint. Jean de Milan ne les aimait pas non plus ; je me souviens même qu'à ce propos il disait :

Jamais la *fève* ne fut bonne
Pour ceux que la goutte affaiblit.

—Puisque nous nous occupons des légumes, répliqua M. Patelin, permettez-moi de vous parler de la loi Licinia. Cette loi défendait de dépenser au delà de cent sous d'or dans un repas, mais elle permettait qu'on mangeât à discrétion des fruits et des légumes. Les gourmands accordèrent la loi avec leur estomac, et des cuisiniers habiles rendirent les légumes si délicieux, qu'on les préféra aux viandes. Je me souviens qu'à cette époque, le fils de Lentulus Spinther ayant été promu à la dignité d'augure, son père donna un grand dîner, et que Cicéron, qui y assistait, écrivit à un de ses amis : « Les lois somptuaires, qui devaient introduire la frugalité, m'ont fait un très grand tort. Comme ces lois, sévères sur le reste, laissent une pleine liberté pour ce qui regarde les légumes et tous les fruits de la terre, nos voluptueux font apprêter si délicatement des mousserons, des racines, et toutes sortes d'herbages, que j'en ai été dupe ; et mon intempérance a été punie par une indisposition considérable. Ainsi moi, qui m'abstiens sans peine d'huîtres et de murènes, j'ai été pris par la bette et par la mauve : me voilà bien averti, je m'en donnerai de garde une autre fois. »

—Savez-vous, messieurs, reprit le savant, qu'en causant comme nous le faisons en ce moment, nous nous éloignons des habitudes antiques. A Athènes et à Rome il y avait toujours, chez les riches particuliers, quelqu'un qui lisait pendant le repas.

— Oui, ajouta M. Maigret, on a cru d'abord que le silence facilitait la digestion ; mais ensuite on a reconnu que c'était une erreur ; les philosophes causaient beaucoup dans leurs repas, et leur conversation était même très intéressante ; je n'en citerai pour preuve que les *Propos de table* de Plutarque.

— Cela ne détruit pas un fait avéré, répondit M. Patelin : on trouve une différence marquée entre leurs mœurs et les nôtres. Ainsi, sous Solon, l'archonte qui, ayant perdu la raison à la suite d'un bon dîner, osait paraître en public avec les insignes de sa dignité, était condamné à mort.

— M. Tristan doit connaître cette loi, repartit M. Brillant, auquel l'avocat avait eu l'air de s'adresser.

— Je continue, reprit M. Patelin. Les Lacédémoniens condamnaient au fouet ceux qui avaient trop d'embonpoint, car ils les considéraient comme des lâches et des paresseux. S'il y avait récidive, ces hommes obèses étaient forcés de se promener tout nus, en hiver, sur la place publique, et encore fallait-il qu'ils avouassent à haute voix qu'ils étaient justement punis.

— C'est vraiment fâcheux que le misanthrope ne soit pas ici, ajouta le lauréat provincial ; il éprouverait un bonheur inouï en vous entendant discourir si doctement.

Pour l'honneur de nos gastronomes, ces insidieuses paroles ne trouvèrent pas d'écho.

Quant au rentier, la punition des hommes obèses le fit

d'abord s'agiter un peu sur sa chaise ; mais son émotion se calma instantanément, et il pria même M. Patelin de continuer à leur faire connaître encore quelques lois somptuaires.

— Je n'ai pas besoin de vous dire, reprit l'avocat, que je proteste contre ces lois antiques, et que je les qualifie de barbares et d'attentatoires à la liberté culinaire. Cependant, si cela vous intéresse, je citerai celles dont je me souviens. Voulant empêcher qu'on ne se ruinât en donnant des repas trop somptueux, la loi Orchia défendit que les convives dépassassent le nombre de neuf. Pour rendre cette loi inutile, on dépensa des sommes plus élevées que si l'on eût été quarante.

— Et l'on a bien fait, repartit M. Martin. De quoi la loi Orchia se mêlait-elle ? Est-ce qu'on ne doit pas toujours être libre de se ruiner si cela fait plaisir ? Une telle loi n'eût pas été adoptée de nos jours, et c'est une preuve que sous le rapport gastronomique nous valons beaucoup mieux que nos ancêtres.

— Auguste était sobre, continua M. Patelin..... Cela vous étonne, ajouta-t-il en s'adressant au rentier ; vous ignorez donc que cet empereur se plaçait le dernier à table, buvait au plus trois coups dans un repas, et se régalait mieux d'un morceau de fromage que de tout autre mets ? Auguste, dis-je, malgré sa sobriété, voulut tempérer la loi Orchia. Il permit donc de se réunir au nombre de douze pour un festin, et quant à la dépense, il accorda que pour une noce elle pourrait s'élever jusqu'à mille sesterces.

— Il y avait là une amélioration dont on doit lui tenir compte, répondit M. Martin ; mais c'est égal, Auguste était encore bien sévère.

9

— Que direz-vous donc de Jules-César? ajouta l'avocat. Tenant à ce que les lois somptuaires fussent exécutées, il faisait visiter les marchés pour empêcher qu'on n'y vendît des viandes défendues ? Des soldats pénétraient même dans les maisons des particuliers, au moment des repas, examinaient ce qu'on devait y manger, et confisquaient tout ce qui était prohibé.

— Ah ! par exemple, voilà qui est abominable ! s'écria d'un ton indigné le naïf habitant du Marais. Ce Jules-César n'avait donc pas d'entrailles?

Tout en écoutant son ami avec une attention suivie, M. Grimardias aurait bien désiré cependant qu'il terminât promptement son énumération des lois somptuaires; la langue lui démangeait d'une façon assez sensible.

— Encore quelques mots, et j'ai fini, reprit M. Patelin. En 798, Charlemagne remit en vigueur une loi des premiers temps de la monarchie. Lorsque, dans un repas, quelque crime se commettait et qu'il y avait plus de sept convives, la loi les en rendait tous responsables. Pour terminer, je citerai deux ordonnances : par la première, Philippe le Bel, en 1294, défendit de servir dans les festins plus de deux mets après un potage au lard; et les jours maigres, le dîner devait se composer de *deux soupes au hareng*, de deux plats de légumes, et d'un morceau de fromage. La seconde ordonnance est de Charles IX, à la date de 1563. Elle portait que dans un festin il ne pourrait y avoir plus de trois services : entrée, rôti et dessert. Il était aussi interdit de manger du poisson et de la viande dans un même repas, sous peine d'être condamné à une amende de deux cents livres.

— Il fallait alors être bien riche pour pratiquer la

science gastronomique, dit Tapagini, et je suis de l'avis
de M. Martin : des lois pareilles ne doivent avoir été
faites que par des ennemis du genre humain.

M. Grimardias allait enfin reprendre la parole, lorsqu'il
en fut encore empêché par un petit incident que nous allons faire connaître.

Ainsi que nous l'avons vu, M. Martin surveillait le parasite, et jusqu'au moment où l'avocat traita des lois somptuaires, notre rentier parvint à modérer la soif de M. Brillant. Celui-ci s'était bien aperçu qu'il était, depuis le
commencement du dîner, l'objet d'attentions particulières;
mais il ne s'en plaignit pas, et avala son vin mouillé sans
mot dire, espérant se débarrasser, d'une minute à l'autre,
des politesses gênantes de son voisin. Par malheur, en
maugréant contre la loi Orchia et contre Jules-César, le
rentier oublia son rôle de surveillant, et le lauréat de
Carpentras, profitant de l'occasion, but du vin pur à diverses reprises. Trouvant ce vin excellent, il craignit
qu'on ne le lui mélangeât encore avec de l'eau ; pour
n'avoir plus rien à redouter, il prit la carafe placée devant lui, et la laissa fort adroitement tomber à terre, où,
comme par accident, elle se brisa en mille morceaux. Le
bruit qu'elle fit, joint aux excuses du parasite, attira sur
lui l'attention, et sans M. Grimardias, qui ne trouva dans
cet événement qu'un moyen de faire briller son éloquence,
nous ne savons trop si M. Brillant eût pu se tirer convenablement de ce mauvais pas.

— Au moyen âge, dit M. Grimardias, un pareil accident ne serait peut-être pas arrivé.

— Comment, objecta Tapagini, est-ce qu'on ne cassait
pas de vaisselle à cette époque?

— Ce n'est pas là ce que je veux dire, répondit le savant. Comme on n'avait ni bouteilles ni carafons pour
servir le vin et l'eau, on employait des vases de terre,
de cuivre, ou d'argent, qui, selon leur forme ou leur
grandeur, s'appelaient *aiguières, hydres, barils, esta-
moies, pintes, justes,* ou tout simplement *pots.* Cette dernière expression me rappelle aussi les *pots à aumônes,*
qui n'étaient autres que des vases de bois ou de mé-
tal que l'on plaçait au bout de la table. On y mettait, ou plutôt on y jetait de temps en temps des restes
de viande, de pain et de légumes, que l'on distribuait aux
pauvres rassemblés à la porte du château. Au xvᵉ et au
xvⁱᵉ siècle, il y avait aussi ce que l'on appelait le *pot sur
la table.* Je dois avoir à ce sujet une note que j'ai extraite
des *Contes et discours d'Eutrapel,* par le seigneur de la
Hérissaye.

Le savant fouilla dans ses poches, et cette fois, il y
trouva immédiatement la note suivante :

« Du temps du grand roi François, on mettait encore
en beaucoup de lieux le *pot sur la table,* sur laquelle y
avoit seulement un grand plat garni de bœuf, mouton,
veau et lard, et la grand'brassée d'herbes cuites et com-
posées ensemble, dont se faisoit un brouet, vrai restau-
rant et elixir de vie, d'où est venu le proverbe : La
soupe du *grand pot* est des friands le pot-pourri. »

— J'ai souvent entendu parler d'*hypocras*, dit Tapagini ; qu'était-ce donc que cette liqueur ?

—Elle était composée tantôt de cannelle, d'ambre et de
musc, tantôt de piment et de girofle, et quelquefois d'a-
mandes, de sucre et d'eau-de-vie, répondit M. Grimardias. Louis XIV l'aimait beaucoup. Au xvᵉ siècle on

buvait l'*hypocras* dans le *hanap*, coupe de cristal à larges bords ayant un pied élégamment sculpté, et cette coupe passait dans les mains de chaque convive.

— Il n'y a qu'un savant comme M. Grimardias, dit le parasite, qui puisse à tout propos nous instruire d'une manière aussi agréable. Je ne voudrais pas médire de l'Académie, que je respecte infiniment ; mais vous avouerez, messieurs, qu'il est honteux pour la France qu'un homme comme lui n'en fasse pas partie.

— Oh! cela viendra certainement un jour ou l'autre, s'écria le rentier.

— Je crois, ajouta M. Brillant, que si nous le voulions, nous pourrions lui aplanir les difficultés ; chacun de nous a de belles relations, de nombreuses connaissances dans le monde scientifique et littéraire, et nous devrions en user pour recommander un savant aussi distingué. Que ne suivons-nous l'exemple donné par la *Société de la four-chette?* Ses membres se réunissaient deux fois par mois, et restaient à table une journée entière. Ils étaient au nombre de quatorze, et s'étaient engagés sur l'honneur à se procurer mutuellement de la gloire, des places et de l'argent. Si l'on en croit la chronique, les sociétaires de la *fourchette* sont tous parvenus à une excellente position. Imitons-les, messieurs! imitons-les!....

— Oui, oui, cria M. Martin, qui seul répondit à ce chaleureux appel ; oui, car les hommes ont été créés pour manger et se rendre service.

Tout en savourant un morceau de *pâté d'anguilles*, M. Grimardias recevait ces éloges avec la douce satisfaction que le paon éprouve à faire la roue au soleil. Aussi essaya-t-il de justifier la bonne opinion qu'on avait de lui :

— Messieurs, répondit-il avec beaucoup de courtoisie, la modestie ne me permet pas de répondre aux choses obligeantes que vous venez de m'adresser; mais, pour continuer à les mériter, permettez-moi, à propos de ce pâté, de vous faire connaître quelques détails: les Égyptiens rendaient un culte aux *anguilles*, et les plaçaient au nombre de leurs divinités. Ainsi que les Syriens, ils n'en mangeaient jamais. Pour nourrir ces poissons, les prêtres leur apportaient chaque jour du fromage et des entrailles d'animaux. Que ce fait ne vous surprenne pas: l'*anguille* a reçu souvent les hommages des peuples de l'antiquité; les Béotiens ne croyaient pas pouvoir offrir aux dieux un présent plus agréable. J'ajouterai que ce poisson accommodé comme il doit l'être, a toujours été cher aux gourmands. Tous ont été du même avis sur les qualités de *l'anguille de mer*, connue dans l'antiquité sous le nom de *murène...*

L'assemblée, prévoyant que M. Grimardias allait l'édifier complétement sur le compte de l'ancienne divinité égyptienne, écouta le savant en observant un silence honorable pour l'auditoire et le narrateur.

— L'histoire, continua-t-il, est remplie de faits intéressants sur les *murènes*, et il m'en vient quelques uns à l'esprit. Nous voyons qu'Antonine, femme de Drusus, mit, ainsi que Crassus, des pendants d'oreilles à ses *murènes*. Ce dernier porta même le deuil après en avoir perdu une qu'il chérissait. Cela vous étonne..... il n'est cependant pas le seul : Hortensius, ce grand orateur, ce grand gourmand, ce grand buveur qui en mourant laissa dix mille tonneaux de vin pour consoler ses amis, Hortensius pleura comme un enfant lorsqu'on vint lui apprendre que l'une de ses *murênes* venait de mourir.

— Oh ! quant à moi, dit Tapagini, je n'aime le poisson que lorsqu'il est cuit ; et quand il est vivant je lui déclare une guerre impitoyable.... je pêche à la ligne.

— Vous êtes sans doute plus adroit que ne l'était Marc-Antoine, reprit M. Grimardias. Un jour que l'ancien triumvir pêchait devant Cléopâtre et qu'il était très mécontent de ne rien attraper, il commanda tout bas à un esclave d'attacher un poisson à son hameçon, sans que la reine s'en aperçût. Par ce moyen, il eut l'air d'être plus adroit ; mais Cléopâtre découvrit cette ruse, et s'en vengea le lendemain : elle gagna les esclaves d'Antoine, et fit attacher des poissons salés aux hameçons de son amant. La première chose qu'il attrapa fut un hareng saur, ce qui fit rire tout le monde aux dépens du malheureux pêcheur.

On applaudit beaucoup à cette anecdote, et M. Martin profita de la bonne humeur du savant pour lui demander pourquoi l'on disait que la ville d'Amsterdam était bâtie sur des arêtes de poisson ?

— Parce que, répondit le savant, la pêche du hareng est une des ressources les plus importantes de la Hollande. Cette nation n'a pas été ingrate, car on voit à Amsterdam une magnifique statue élevée à Bucklez, qui, en 1347, a retrouvé le moyen de conserver le poisson en le salant. Chose digne de remarque, et qui pour nous, gastronomes, a une grande signification, c'est qu'en 1536, Charles-Quint et sa sœur, la reine de Hongrie, visitèrent ensemble la tombe de *l'encaqueur de harengs*.

— Les religieux de l'abbaye de Fontaine-les-Blanches n'en auraient pas fait autant, fit observer M. Patelin, car ils n'aimaient pas ce poisson. En 1340, Isabelle de Blois leur légua une rente perpétuelle de deux cruches d'huile et d'un millier de *harengs*, à la condition que les moines diraient une messe chaque année pour le repos de son âme et de celle de son époux. Les moines obtinrent, au bout de quelques années, que l'on convertît cette donation en une rente de trente sous, ce qui équivalait à peu près à trente-sept francs de notre monnaie.

La conversation de nos gourmands se fût continuée de nouveau sur l'article des *harengs*, si pour l'interrompre l'on n'eût apporté sur la table un magnifique *saumon*. L'auteur qu'on applaudit, l'avare près de son trésor, l'amant près de sa maîtresse, eussent pu seuls dans cette circonstance être comparés à nos gastronomes. A ce moment, un incendie, un tremblement de terre, ou toute autre catastrophe, n'eût pas eu le pouvoir d'arracher ces disciples de Comus à leur admiration pour l'énorme et majestueux poisson qu'ils avaient sous les yeux.

Quand ils l'eurent contemplé tout à leur aise, M. Patelin en distribua à chaque convive, et M. Grimardias, selon son habitude, donna une fois de plus essor à sa loquacité.

— A Rome, dit-il, dans une pareille circonstance, nous eussions entendu le son des flûtes et des hautbois. C'était l'habitude de témoigner, par l'harmonie des instruments, la joie que l'on éprouvait en voyant paraître sur la table un poisson ou un oiseau de prix. Aussi, Macrobe cite-t-il une lettre de Sammonicus à l'empereur Sévère, dans laquelle on complimente ce dernier pour les honneurs qu'il a fait rendre à un *esturgeon* servi sur la table impériale.

— Cet empereur, dit M. Patelin, était plus raisonnable

qu'Édouard II, roi d'Angleterre, qui par une loi défendit à tous ses sujets de manger de l'*esturgeon*. Cette défense fut sévèrement observée, et, pendant toute la durée de son règne, Édouard II mangea seul de ce poisson. Étienne, un de ses successeurs, modéra les termes de cette prohibition, et, dans quelques cas, il permit d'en servir sur les tables. A la mort de ce roi on rétablit la défense dans toute sa vigueur, en qualité de prérogative royale. Il faut dire qu'Édouard II pouvait établir un précédent puisé dans l'antiquité, car Gatys, reine de Syrie, avait une passion si violente pour le poisson, qu'elle publia une loi qui forçait tous les pêcheurs à lui apporter intégralement celui qu'ils auraient pris. Par faveur spéciale, elle accordait quelquefois à ses sujets le droit d'en manger; mais il était bien difficile d'obtenir cette permission.

— Cette reine se serait parfaitement entendue avec Lucullus, reprit M. Grimardias; car cet homme, dont le nom est tout un éloge gastronomique, dépensa autant d'argent pour la construction de ses viviers, qu'il en eût fallu pour bâtir une ville entière. Après sa mort, Caton vendit, en sa qualité de tuteur, cette piscine au profit des enfants de Lucullus, et il en retira un million de notre monnaie.

— Mes créanciers voudraient bien que je leur laissasse un pareil héritage, répliqua Tapagini. Jusqu'à présent, cela me paraît impossible.

— Un seul homme peut être comparé à Lucullus pour l'amour qu'il portait au poisson, continua le savant : c'est Orata, qui vivait en l'an 656 de Rome. Souvent contrarié dans ses goûts par le mauvais temps qui ne permettait pas toujours d'aller à la pêche, Orata enferma les flots de la mer dans des viviers, et y fit jeter une innombrable quantité de poissons qui se multiplièrent à l'infini. Non content de cela, il fit encore bâtir, à l'entrée du lac Lucrin, d'immenses édifices qui obstruèrent l'embouchure de ce lac. Son principal but était d'avoir des huîtres toujours fraîches....

— Oui, mais vous oubliez de nous apprendre, ajouta l'avocat, que cet envahissement de la mer lui attira un procès que Considius, un des fermiers publics, soutint au nom de l'État. On rapporte même que L. Crassus, qui plaidait contre Orata, dit au tribunal : « Mon ami Considius a tort de dire qu'en éloignant Orata du lac Lucrin il le privera d'huîtres ; car si on lui défend d'en prendre là, il saura bien en trouver sur le toit de ses maisons. »

— Je n'aurais jamais cru, dit M. Martin, que les Romains aimassent tant le poisson.

— Ils en faisaient leurs délices à ce point, répliqua M. Patelin, que par une loi on défendit aux marchands de marée de s'asseoir avant que toutes leurs marchandises ne fussent vendues. On prétendait que l'incommodité d'être longtemps debout les rendrait accommodants avec leurs pratiques, et qu'alors ils vendraient à meilleur marché.

— Tout nous prouve que les Romains aimaient beaucoup le poisson, ajouta M. Grimardias, puisque chez eux un seul *barbot* s'est payé deux cent cinquante écus, ce qui faisait dire à Caton « qu'il doutait du salut d'une ville où l'on vendait un poisson plus cher qu'un bœuf. »

— Cette dernière citation ferait honneur à M. Tristan, dit le parasite, qui, n'étant plus surveillé par le rentier, buvait comme un sonneur. J'aurais été curieux de savoir ce qu'un philosophe comme lui eût répondu aux éloquents discours de MM. Grimardias et Patelin. Rien, sans doute, car la vérité a le don de convaincre, et....

M. Martin s'aperçut de la faute qu'il avait commise, et se tournant vers leur amphitryon, il lui indiqua par un geste que le lauréat commençait à s'enivrer.

—Qui n'a pas aimé, qui n'aime pas le poisson ?..... reprit avec assurance M. Brillant.

—Érasme, répondit M. Maigret; chaque fois qu'il en sentait l'odeur il perdait connaissance.

—Il avait tort, répliqua le parasite. Lord Byron ne lui ressemblait pas, car il a écrit : « Rien de plus délicieux dans la vie que le coin du feu, une salade de homard, du champagne et la causette. » Ah ! si tous les *légumineux*, si tous les membres des sociétés de tempérance, si tous les mangeurs de pain sec connaissaient le bonheur que nous éprouvons ici, ils ne pourraient résister à nos doctrines et à notre exemple, nous les convertirions à la science du bien vivre... Si vous le voulez, messieurs, je vais vous chanter une chanson.....

On l'interrompit aussitôt. A sa manière de s'exprimer, au ton qu'il avait pris, il n'y avait plus d'espoir que le parasite laissât un instant de repos aux autres gastronomes. Tapagini voulait le mettre tout de suite à la porte, mais le docteur s'y opposa, et à eux deux ils imaginèrent de le faire sortir sans bruit. M. Maigret parla tout bas à chacun des convives, et au moment où le lauréat entonnait sa chanson, ils se plaignirent tous d'atroces douleurs d'estomac. Le docteur poussa même la complaisance jusqu'à courir à la cuisine, pour en rapporter une casserole qui certainement, dit-il, avait été mal étamée. M. Patelin soutint d'abord que les aliments avaient été falsifiés, mais après quelques instants de controverse, il se rangea à l'opinion de M. Maigret. Le rentier, ne se dissimulant pas qu'il était la cause de tous ces désagréments, se promit, au fond du cœur, de ne plus s'y exposer désormais.

Seul entre tous, M. Brillant affirmait qu'il ne souffrait pas, et versant du vin dans son verre, il se disposait à le boire en fredonnant sa chanson, lorsque le docteur, lui prenant le bras, lui dit avec gravité :

— A quoi pensez-vous, monsieur ? Vous voulez donc mourir ? Vous ne savez donc pas que rien n'est plus dangereux que de boire du vin dans les cas d'empoisonnement ? Vous êtes d'une pâleur extrême, vous pouvez à peine vous soutenir, et si vous m'en croyez, c'est du repos qu'il vous faut avant tout. Demain, ou ce soir, vous pourrez manger une côtelette ou deux afin de chasser la substance que vous avez dans l'estomac. Quant à présent, je vous engage à rentrer tout de suite chez vous.

— Le fait est que je ne me sens pas bien, répondit le parasite, impressionné par le discours de M. Maigret et par tout ce qu'il voyait autour de lui. Je vous remercie de vos conseils, et je vais les suivre.

Après avoir avalé un verre d'eau que lui présenta le docteur, il descendit tristement avec lui, et monta dans un omnibus qui passa fort à propos.

Laissons M. Brillant recevoir sa juste punition, et, débarrassés de cet importun, écoutons la conversation des autres gourmands pendant l'absence du docteur.

— Moi, disait Tapagini, je ne me reconnais pas le droit de faire un crime à personne d'aimer la bonne chère et le plaisir ; les uns soutiennent que c'est un mal, d'autres que c'est un bien ; je n'accuserai donc pas M. Brillant sous ce rapport. Mais être là comme une araignée qui tend sa toile, vivre on ne sait comment, se trouver toujours au milieu de nous sans y être invité, et boire comme un Flamand, voilà ce que je ne pardonne pas.

— Il faut de l'indulgence, répliqua M. Martin, qui se repentait de plus en plus d'avoir amené l'auteur de l'*Homme tranquille.*

— Mon Dieu ! reprit Tapagini, je ne lui souhaite aucun mal, et je ne voudrais pas seulement qu'il se crût empoisonné ; mais il a dit un mot qui me permet de supposer qu'il a un mauvais cœur ; il a parlé d'un ton dédaigneux des *mangeurs de pain sec.* Je connais une pauvre famille dont le père et la mère travaillent depuis le matin jusqu'au soir, et ces braves gens n'en mangent pas moins quelquefois du pain sec à leur dîner. Puis, si nous eussions laissé continuer ce gaillard-là, il nous aurait dit mille horreurs de M. Tristan, qui vaut mieux que lui, après tout, quoiqu'il ne me paraisse pas très fort en gastronomie. S'il voulait l'attaquer, il n'avait qu'à le faire en sa présence. J'ai connu des *pique-assiettes,* mais ils étaient plus aimables que M. Brillant.

Par un juste sentiment des convenances, M. Patelin ne se mêla pas à la conversation, et chose surprenante, ce fut M. Grimardias qui se trouva le plus affecté de cette scène, dont il était, comme on va le voir, la cause première.

Depuis très longtemps ce savant était reçu tantôt chez le rentier, tantôt chez le médecin, tantôt chez l'avocat, et jamais il n'avait invité aucun d'eux à venir dîner chez lui. Sans que cela le gênât, il eût pu cependant recevoir ses amis, mais son avarice y avait toujours mis obstacle. Il savait trop par expérience que pour les traiter convenablement, il fallait autre chose que des dissertations sur l'art culinaire, et la moindre dépense était un véritable supplice pour M. Grimardias.

Néanmoins, il comprit qu'il ne pourrait rester dans cette situation, et son amour-propre l'emportant sur sa ladrerie, il prit à ce moment la résolution héroïque d'inviter prochainement ses amis à dîner, et de les traiter selon leurs mérites. Poussant la grandeur d'âme jusqu'au sublime, il décida même qu'il convierait Tristan à cette fête qui devait marquer dans les annales gastronomiques.

Toutefois, il ne communiqua pas sa résolution à ses amis, et leur réserva cette surprise en temps opportun.

En se séparant, nos gastronomes se promirent de se réunir le plus tôt possible, et M. Maigret se chargea d'amener Tristan à leur prochain repas.

Cette détermination prise, ils rentrèrent chez eux : Tapagini fulminant contre le parasite, M. Martin désolé de la faute qu'il avait commise, et M. Grimardias rêvant au banquet qu'il voulait offrir à ses collègues.

Quant au lauréat, son indisposition n'eut aucune suite fâcheuse ; il se porta même si bien le lendemain, que dans la soirée on eût pu le voir chez un de ses amis, qui se trouvait très honoré de ce qu'un grand homme comme M. Brillant eût consenti à s'asseoir à sa modeste table.

CHAPITRE QUATRIÈME.

La Saint-Martin.

———

I

Pendant tout l'été qui suivit le dîner de M. Patelin, nos gastronomes ne purent se réunir. M. Martin était allé à la campagne; Tapagini, poursuivi par ses créanciers, était parti pour Bruxelles, et n'en était revenu qu'à la fin de l'été. M. Grimardias travaillait avec ardeur à un Mémoire qu'il devait présenter à l'Académie des sciences morales et politiques.

Quant à notre parasite, il trouvait moyen de dîner en différentes maisons, se faisant toujours précéder par son éclatante renommée, et ne récitant jamais plus de quatre vers de son admirable poëme. Plusieurs fois il était allé rendre visite à MM. Martin, Grimardias et Patelin, mais il en avait été accueilli si froidement qu'il n'osait plus y retourner.

M. Grimardias ayant achevé son Mémoire, se souvint de la résolution qu'il avait prise au dîner précédent, et voulant l'exécuter sans plus de retard, il invita ses

amis à venir célébrer chez lui la *Saint-Martin*. Il ne
se sentit un peu embarrassé qu'à l'égard de Tristan, mais
après mûre réflexion, il lui écrivit le billet suivant :

« Monsieur et cher antagoniste,

» Oserai-je vous prier de venir dîner chez moi diman-
che prochain à six heures ? Vos opinions sur la gastronomie
sont, je le sais, tout à fait opposées aux miennes, mais
c'est surtout à ce titre que je me permets de vous inviter.
Vous seriez donc bien aimable de me traiter en ennemi
généreux. Après le dîner, je me propose de lire un travail
que je viens de présenter à l'Académie, et je m'estimerais
fort heureux si vous vouliez m'honorer de votre critique
et de vos observations.

» Tous nos amis ont regretté votre absence au précédent banquet, et ils espèrent bien que la prochaine fois
vous ne leur causerez pas un semblable déplaisir.

» GRIMARDIAS. »

Sous peine d'être justement taxé d'impolitesse, Tristan
ne pouvait se dispenser d'accepter une aussi gracieuse
invitation. Il n'en eut pas même la pensée, et répondit
au savant qu'il serait exact au rendez-vous.

Vouloir donner à dîner, et réaliser ce projet, n'était pas
chose facile à M. Grimardias. Son logement n'était point
assez spacieux pour recevoir plusieurs convives, et au lieu
d'un Vatel ou d'un Carême, notre savant n'avait pour tout
auxiliaire qu'une pauvre femme qui lui faisait son ménage
et sa cuisine.

Il eut alors avec cette femme un dialogue — nous pourrions dire une dispute — qu'on ne saurait comparer qu'à

l'entretien d'Harpagon et de maître Jacques. Discutant
sou à sou la dépense, le savant voulut démontrer à *sa cuisinière* que le véritable talent d'un cordon-bleu consistait
à apprêter avec non moins d'art que d'économie les comestibles qu'on achetait. La femme de ménage eut beau
se récrier, s'évertuer à lui prouver que toute sa pratique culinaire se réduisait au pot-au-feu et à la cuisson
de quelques légumes, le savant fut inflexible. Il alla même
jusqu'à persuader à sa ménagère que rien n'était plus facile que de préparer des *cardes au parmesan*, des *noix de
veau glacées* et du *bœuf à l'étendard ;* et d'ailleurs, lui promettant de l'aider de ses conseils et de son expérience, il lui
laissa, dans ce qu'il appelait pompeusement sa cuisine, la
dernière édition d'un livre qu'il avait annoté, et auquel il
avait donné le titre du *Cuisinier incomparable.*

Mais, hélas! comptant avec tristesse le peu d'argent que
lui avait remis son maître, la femme de ménage vit que
la somme serait à peine suffisante pour acheter les assaisonnements indispensables, et lorsque M. Grimardias
rentra, elle lui réclama 100 francs de plus.

Peindre la fureur du savant à cette impertinente demande, nous paraît impossible; tout ce que nous pouvons
dire, c'est qu'outré de colère, il chassa son *cordon-bleu,*
qui, en retour, le gratifia d'une foule d'épithètes, que par
respect pour cet homme illustre nous ne répéterons pas.

Prométhée sur le mont Caucase, Philoctète dans son
île, Ixion tournant sa roue, n'étaient certes pas plus tour-
mentés que ne le fut M. Grimardias en se voyant seul au
milieu de ses légumes et de quelques livres de viande
qu'il avait achetées la veille. Mais comme l'heure s'avan-
çait, et qu'il connaissait la ponctualité de ses convives, il

ne pouvait retarder d'une seule minute l'instant de leur dîner. Que faire, grand Dieu? Son embarras était extrême; mais il soutint avec courage cet affreux contre-temps. Animé d'un zèle au-dessus de tout éloge, le savant se transforma lui-même en cuisinier, et, tout fier de cette héroïque résolution, il s'était déjà bravement placé devant ses fourneaux, lorsque tout à coup il entendit frapper à sa porte; M. Brillant se présenta.

Pour tout au monde notre savant n'eût pas voulu se laisser surprendre dans l'accoutrement dont il était affublé, aussi reçut-il le parasite avec un air maussade qui s'explique aisément. Mais après l'avoir complimenté, encouragé, le soi-disant lauréat, qui devina bien vite quelles étaient en ce moment les sérieuses occupations de M. Grimardias, lui demanda la permission de lui lire une ode qu'il avait composée en son honneur.

La joie illumina tout à coup la physionomie du savant, et quittant pour un instant ses fourneaux, oubliant même l'aversion qu'il portait à la poésie, il serra la main du parasite, et lui exprimant sa gratitude avec une véritable effusion :

— Vous restez à dîner, n'est-ce pas ? lui dit-il.

— Oh ! non, je vous remercie...

— Restez donc, je vous en prie...; mais avant tout, mon cher monsieur Brillant, lisez-moi votre ode, car c'est une ode, n'est-ce pas ?

Le parasite chercha dans son portefeuille , et avec un dépit parfaitement joué :

— Diable ! diable ! fit-il, je n'ai sur moi que la dédicace... Est-ce que par hasard j'aurais oublié le reste à la maison ?

Et comme il cherchait toujours sans rien trouver, M. Grimardias, fatigué d'attendre, lui dit :

— Ne cherchez plus votre ode, monsieur Brillant; c'est un petit malheur que vous réparerez ce soir.

— Soyez-en sûr, répondit le parasite avec un sang-froid imperturbable, et s'apercevant que l'heure du repas était encore éloignée, il prétexta une visite indispensable, et promit de revenir à six heures précises.

Enchanté de l'attention délicate du lauréat, notre *gastronome* retourna à sa cuisine, et se remit à éplucher ses légumes, à fouetter ses œufs, et à faire cuire son gigot.

II

Muse de Régnier et de Boileau, inspire-moi pour raconter en termes dignes du sujet, comment furent traités les gourmands qui se présentèrent chez M. Grimardias le jour de la Saint-Martin.

Les convives du savant furent tout d'abord presque asphyxiés par une épaisse fumée qui, jointe à une odeur de graisse répandue dans le feu, les fit tousser autant que s'ils eussent été enrhumés depuis six semaines. C'était un sinistre présage; aussi, dès ce moment, nos gastronomes se résignèrent-ils à faire le plus mauvais repas qu'ils eussent encore fait de leur vie.

— Messieurs, dit l'amphitryon avec un sérieux qui les fit tous frémir, je n'ai pas voulu confier à d'autres le soin de préparer les aliments qui composeront notre banquet. Je me suis souvenu que le roi Cadmus avait été d'abord cuisinier, et je n'ai pas cru déroger, en imitant ce noble exemple. Loin de moi, certes, la prétention de me comparer à ces *docteurs en soupers* qui, par amour pour l'art culinaire, portaient sur eux tous les assaisonnements, afin de pouvoir s'en servir dans les repas où ils se trouvaient ; mais j'ai fait de mon mieux , et j'espère que vous serez contents.

Par politesse, chaque convive s'efforça de répondre d'une façon convenable aux prévenances de M. Grimardias, mais aucun ne put achever sa phrase ; le potage était poivré de telle façon, qu'il eût fallu être doué d'une vertu tout évangélique, pour ne pas faire une affreuse grimace en l'avalant.

Tapagini ne put même s'empêcher de dire tout haut :

— Ah ! que ce *poivre* est fort !

— Il est possible que le potage ait été un peu poivré, répondit M. Grimardias ; mais excusez ma distraction, messieurs ; j'ai oublié, sans aucun doute que nous n'étions plus au XVIe siècle, où le *poivre* était si cher, que les riches seuls en usaient. Il est heureux, n'est-ce pas, ajouta-t-il, qu'en 1751, M. *Poivre* nous ait rapporté cette substance de la Cochinchine , et qu'elle ait pu se vulgariser dans notre pays ?

— Oui certes, répondit M. Patelin, mais je dois ajouter que le *poivre* était autrefois un des tributs que les seigneurs exigeaient de leurs vassaux. Pour indiquer richesse de Guillaume, comte de Limoges , Geoffroi, son historien, dit que ce seigneur avait chez lui des t énormes de *poivre* amoncelés comme si c'eût été des glands pour les porcs. Je vous citerai encore deux exemples pris dans l'histoire du XIIe et du XIIIe siècle. Lorsqu'en 1107 Roger, vicomte de Béziers, fut tué par les bourgeois cette ville, le fils de la victime leur imposa un tribut annuel de trois livres de *poivre*. Et, en 1143 comme en 1285, Bertrand et Rostang de Noves, tous deux archevêques d'Aix, forcèrent les juifs de cette localité à leur fournir annuellement deux livres de la même épice....

—Pendant très longtemps, reprit M. Grimardias, les anciens furent bien à plaindre ; pour assaisonner leurs mets, ils ne possédaient que du sel, une sorte de poivre bien éloigné du nôtre, de l'ail, de l'oignon, des poireaux, du vinaigre, de la moutarde, du miel, de l'huile, du beurre, et quelques autres plantes aromatiques.

—Mais, interrompit Tristan, je ne vois pas que les peuples de l'antiquité eussent tant à se plaindre sous ce rapport ; la liste que vous venez de donner me paraît suffisante.

— Eh ! monsieur, répliqua l'amphitryon, on ne saurait s'entourer avec trop de profusion de tout ce qui peut exciter notre appétit.

—M. Grimardias, demanda le rentier, donnez-nous donc quelques détails sur les autres assaisonnements ?

—Volontiers, répondit le savant. La *girofle* et la *muscade* nous viennent des îles Moluques, et les Hollandais se sont battus plus d'une fois pour obtenir cette dernière. Le *piment* est originaire des îles Caraïbes, et la *cannelle* de l'île de Ceylan. Les *câpres* viennent de la Barbarie, et c'est au Mexique que nous devons la *vanille*. Quant au *persil*, c'est grâce à un présent que des Carthaginois firent aux Marseillais que nous avons pu en avoir en France.

— Le *persil* est très échauffant, reprit le docteur, et il est funeste aux tempéraments bilieux. L'*œthusa*, ou petite ciguë, qui ressemble beaucoup à notre plante potagère, était recherchée par les Grecs à cause de ses propriétés vénéneuses, et ils la faisaient infuser avant de la donner à boire à leurs condamnés à mort.

— Oui, ajouta Tristan, lorsque Phocion eut été condamné, il donna douze drachmes au bourreau, et lui dit : « Achetons le supplice, puisque aujourd'hui tout se vend dans Athènes. » C'est aussi la ciguë que but Philopœmen pour le punir de s'être opposé à l'invasion des Romains.

— Le *cerfeuil*, reprit M. Grimardias, se nommait *cerefolium* (feuille de Cérès) ; il entrait dans les aliments qu'on offrait à la déesse de l'agriculture.....

Le savant allait continuer à discourir de la sorte, lorsqu'un incident vint interrompre ce dialogue instructif. Regardant sans cesse sous la table, Tapagini cherchait à retirer ses jambes de la paille où elles se trouvaient engagées ; ne pouvant y réussir, et tout étonné de cette étrange innovation, il interrogea M. Grimardias, afin de connaître le motif qui lui avait fait transformer sa salle à manger en une sorte de grenier à fourrage.

—C'est pour vous prouver que je connais les bonnes traditions, répondit le savant. Autrefois, nos aïeux, ne connaissant point encore les tapis, mettaient du *foin* dans leur salle à manger pour garantir du froid les jambes de leurs convives. Mais s'étant aperçus que l'odeur du *foin* portait au cerveau, ils le remplacèrent par de la *paille.*

Le *gigot de mouton*, non rôti, mais bouilli, qui parut à ce moment sur la table, acheva de désespérer les gastronomes. Le goût en était si fade, qu'ils cherchèrent à le relever un peu, en vidant entièrement le moutardier. Tout contribuait donc à les irriter, jusqu'à la présence du parasite, auquel personne n'adressait la parole. M. Grimardias seul causait avec lui, et cela fut assez pour que M. Brillant, en voyant paraître le *gigot*, se crût en droit de dire d'un ton décidé :

— Messieurs, je suis de l'avis de Berchoux ; aux mets les plus délicats il préférait ce simple rôti. J'aime mieux, disait-il :

> J'aime mieux un tendre gigot
> Qui, sans pompe et sans étalage,
> Se montre avec un entourage
> De laitue ou de haricot.
> Gigot, recevez mon hommage ;
> Souvent j'ai dédaigné pour vous
> Chez la baronne ou la marquise
> La poularde la plus exquise
> Et même la perdrix aux choux.

Tapagini avait bien envie de répondre qu'il aimait aussi le *gigot*, mais que celui qu'on leur offrait n'avait aucune des qualités requises. Par prudence, il contint sa réflexion, en se promettant toutefois de souper en sortant. Le rentier, voyant que décidément il n'y aurait rien de bon à manger ce soir-là, voulut au moins continuer son éducation culinaire ; il s'adressa donc encore à M. Grimardias pour en obtenir quelques renseignements sur la *moutarde*.

— Ce condiment, répondit le savant, portait d'abord le nom de *sénevé* ou *sauce ;* c'est en 1382 qu'il fut appelé *moutarde*, et voici pourquoi : Les Gaulois s'étant révoltés, Dijon fournit à Philippe le Hardi 1,000 hommes pour les combattre. En reconnaissance de ce service, le duc permit aux habitants de porter ses armes, et d'y ajouter sa devise : *moult metarde* (il me tarde). Cette inscription fut sculptée sur les portes de la ville ; mais le temps ayant détruit le mot *me*, il ne resta que *moult-tarde*. Comme les Dijonnais faisaient à cette époque un grand commerce de *sénevé*, on changea le nom de cette graine en celui de la devise.

— La moutarde a-t-elle toujours été en pâte? demanda Tapagini.

— Non : elle était primitivement à l'état sec ou en forme de petites boules ; dès qu'on voulait s'en servir, on la délayait dans du vinaigre.

— Monsieur Grimardias, dit le rentier, je n'ai jamais pu savoir pourquoi, en se moquant de quelqu'un, on l'appelle *moutardier du pape*.

— Ceci est bien obscur, répliqua le savant. On suppose que cette épithète se rattache à l'histoire de Clément VII. Un historien, Publius Valérius, nous a appris que ce pape aimait tant la *moutarde,* qu'il excita parmi ses domestiques une émulation incroyable pour qu'ils lui en fabriquassent d'excellente. C'est peut-être l'un d'eux que l'on aura appelé *premier moutardier du pape*. Tout ce que je puis ajouter, c'est que, dans son enthousiasme, Valérius place la *moutarde* de Clément VII au-dessus de l'ambroisie.

— Pline, dit le docteur, assure qu'elle est un excellent antidote contre les champignons vénéneux.

— L'empereur Claude aurait bien dû s'en souvenir, répondit Tristan, car vous savez qu'il mourut empoisonné par Agrippine, sa nièce et sa quatrième femme. Sachant qu'il aimait les *champignons*, elle lui en fit servir un plat empoisonné.

— Oui, reprit M. Maigret, et le médecin qu'on appela au secours du pauvre empereur, au lieu de lui administrer un vomitif, passa une plume remplie de poison dans la gorge de Claude.

— Ajoutez, continua le savant, que Néron disait, à ce propos, « que les *champignons* étaient un ragoût des dieux, puisque son prédécesseur, après en avoir mangé, avait été mis au rang des immortels. »

— J'admire, dit Tristan, l'impassibilité avec laquelle vous racontez de pareilles horreurs ; non que je plaigne un homme comme l'empereur Claude, mais sa mort n'en est pas moins le résultat d'un crime.

— Monsieur, répondit le savant, je n'ai pas à m'occuper des vices ou des vertus de tel ou tel personnage. Par suite de mes profondes recherches, tout étant pour moi subordonné à l'art culinaire, je ne veux pas stérilement discuter sur ce qu'on appelle avec tant de présomption la philosophie de l'histoire.

— Alors, répondit Tristan, vous dites, comme l'auteur de la *Gastronomie* :

Peu m'importe le reste, il suffit que je dîne.

— Sans doute, surtout quand c'est avec mes amis, répliqua M. Grimardias. Ah ! si vous aviez mon âge, et, permettez-moi de le dire, mon expérience, vous sauriez qu'il n'est rien au-dessus d'un bon dîner, et que, pour peu qu'on ait de l'appétit, il n'est pas de pareil bonheur. Qu'est-ce que l'amour, qu'est-ce que la gloire, qu'est-ce que la philosophie, lorsqu'on les compare à une table bien servie ? Rien, rien, monsieur. « L'homme est né pour manger, » dit la Bible...

— Je vous demande pardon, monsieur Grimardias, répliqua Tristan, vous faussez le texte de l'Écriture, qui dit : « *L'homme est né pour travailler comme l'oiseau pour voler.* » Et si toute votre existence se fût écoulée à manger, vous ne seriez point aussi instruit.

— Je puis me tromper, quant au texte biblique... Mais sachez-le bien, monsieur, répondit le savant, je n'en persiste pas moins à prendre pour règle de ma conduite l'épitaphe suivante, que je ne me lasse pas d'admirer : « Sardanapale, fils d'Anacyndaraxes, fit bâtir en un seul jour la ville d'Anchiale et celle de Tarrus. — Passant, bois, mange, divertis-toi, car tout le reste ne vaut pas une chiquenaude. »

— Digne épitaphe d'un homme qui n'avait connu de la vie que les plaisirs sensuels et grossiers! reprit Tristan. Comment pouvez-vous soutenir une semblable doctrine, quand, mieux que personne, vous savez que la plupart des gourmands n'ont aucune sympathie pour le reste des hommes, qu'ils sont insensibles à leurs douleurs, et qu'enfin quelques uns ont été la honte de l'humanité.

— Monsieur, répondit le savant d'un ton solennel, je ne suis jamais insensible devant un homme qui a faim, et je souhaite que tout le monde puisse manger à son appétit ; mais j'ai assez de raison pour ne pas tomber dans un spiritualisme que je trouve absurde.

— Est-ce donc être fou, répliqua vivement le misanthrope, que de vouloir que l'homme donne autant à son âme qu'à son corps? Savez-vous que si j'avais des enfants, je leur défendrais de vous voir ; je craindrais trop que vous ne pervertissiez leur cœur par vos maximes érigées en système. S'ils avaient reçu de Dieu quelques facultés, je ne voudrais pas qu'ils les perdissent en étudiant et en pratiquant la gastronomie. Quels grands hommes leur offririez-vous comme exemple ?

— Tous ceux, reprit avec feu M. Grimardias, tous ceux qui ont porté l'art culinaire au degré où il est aujourd'hui.

— Vous ne répondez pas. Voyons, soyez sincère, rien qu'en prononçant les noms de Néron, de Tibère, d'Héliogabale, de Vitellius, de Maximin et de tant d'autres, la rougeur de l'indignation ne colore-t-elle pas votre visage ?

— En les attaquant avec tant de colère, connaissez-vous bien leur histoire ?

— Je sais, répliqua Tristan, qu'après être resté quatorze heures à table, Néron fit mettre le feu aux quatre coins de Rome, pour se donner une idée de l'incendie de Troie. Je ne parle pas ici de l'assassinat de sa mère, de celui de sa femme, et de tous ses autres crimes ; je vous imite, je ne veux pas sortir de mon sujet....

— Vous me permettrez d'ajouter quelques détails qui ne manquent pas d'intérêt, et qui auront l'avantage de mettre un peu de calme dans notre discussion, interrompit M. Grimardias, qui voyait avec peine que Tristan l'emportait sur lui :

La salle à manger de Néron était entièrement tendue en or. Par des procédés mécaniques, qu'on peut supposer analogues à ceux en usage dans nos théâtres, les plafonds et les lambris se transformaient à chaque service. Ils imitaient les mouvements des saisons et des astres ; à l'instant où les convives s'y attendaient le moins, il pleuvait des fleurs, et l'odeur de parfums exquis se répandait dans toute la salle.

Dès que les convives étaient arrivés, ils échangeaient leurs habits contre une sorte de tunique qu'on attachait avec une agrafe. On se couchait sur les lits, puis on se lavait les mains et les pieds ; on distribuait des couronnes aux convives, et l'on répandait des parfums sur leurs têtes. Lorsque les invités avaient pris place, on offrait des libations aux dieux, et l'on procédait à la nomination du roi du festin. Ensuite, des esclaves distribuaient à chaque convive la carte du repas. Les *ombres* (personnes que chaque invité avait le droit d'amener avec lui) recevaient aussi cette carte, et le festin commençait.

— Ces détails ont certes beaucoup d'intérêt, dit Tristan; mais je tiens cependant à faire, à mon tour, la biographie gastronomique de quelques uns des hommes que je viens de nommer tout à l'heure. Que pensez-vous du successeur d'Alexandre Sévère, qui, lorsqu'il était seul à dîner, voulait qu'on lui servît quarante livres de viande, et trente-six mesures de vin? Que direz-vous de ce personnage qui ressemblait plutôt à un éléphant qu'à un homme, dont deux esclaves portaient le ventre, et qui, en guise de bagues, mettait les bracelets de sa femme?

— Je dirai que c'était un *polyphage*, répondit M. Grimardias; certains auteurs assurent que le corps de Denis d'Héraclée avait pris les mêmes proportions et par les mêmes causes.

— Admirerez-vous aussi, ajouta Tristan, l'empereur Géta, qui passait trois jours consécutifs à table, et se faisait servir une série de mets dont les noms devaient commencer par chacune des lettres de l'alphabet?

— Eh! dit M. Martin, cet empereur était comme moi; il voulait s'instruire en mangeant.

— Croyez-vous, continua le misanthrope, que Vitellius eût aussi envie de s'instruire, ce gourmand éhonté qui, tout empereur qu'il était, dînait tantôt chez les uns, tantôt chez les autres, taxait les gens pour qu'on lui donnât à souper, et ne voulait pas qu'un repas où il assistait coûtât moins de 400,000 sesterces, ou 50,000 francs? Essayez, si cela est possible toutefois, de justifier cet homme que ni temps ni lieu ne pouvait gêner ; qui, dans les sacrifices, ôtait de dessus les charbons les chairs des offrandes et les gâteaux sacrés, et qui, lorsqu'il voyait des viandes étalées dans les rues, les prenait et les mangeait en marchant. Tâchez de transformer en héros celui dont le pouvoir n'était qu'un moyen de satisfaire l'intempérance. Ses huit mois de règne coûtèrent à la nation 900 millions de sesterces, à peu près 112 millions de notre monnaie, ce qui faisait dire à Josèphe l'historien, « que si Vitellius eût régné plus longtemps, tous les biens de l'Empire n'auraient pas suffi à l'entretien de sa table. » Je voudrais savoir maintenant si M. Grimardias désirerait encore qu'on eût partout le portrait de Vitellius pour inspirer le goût de la gastronomie ?

— Vous vous trompez étrangement, répliqua le savant, vous confondez les gastronomes avec les *polyphages*. Les faits que vous nous citez sont indignes de gens bien élevés et qui se respectent.... Il n'est pas un gourmand digne de ce nom qui ne les désapprouve.

— Avant d'aller plus loin, fit le rentier, dites-moi, je vous prie, ce que signifie le mot *polyphages* ?

— C'est, répondit M. Grimardias, la propriété qu'ont quelques hommes de manger autant qu'ils le veulent sans éprouver d'indigestion. Mais je vais mieux me faire comprendre par l'extrait d'un livre qui qualifie très bien les nuances de la gourmandise ; je dois l'avoir sur ma table.

Pendant que M. Grimardias cherchait sa note, Tapagini disait à M. Martin :—Si le savant n'avait que son dîner pour convaincre le philosophe des douceurs de la gastronomie, ce serait bien malheureux, car j'ai la bouche emportée. Quelle diable d'idée a-t-il eue de vouloir faire lui-même sa cuisine ?

— Voici ma note, dit le savant en se remettant à table, et j'ai trouvé en même temps quelques détails sur certains *polyphages ;* je vous les lirai, après les définitions que je vous ai promises :

« Le *Goulu* mange avec tant d'avidité, qu'il avale plutôt qu'il ne mange, ou qu'il ne fait que tordre et avaler. Comme on dit : il ne mâche pas, il gobe.

» Le *Glouton* court au manger, et mange avec un bruit désagréable, et avec tant de vivacité, qu'un morceau n'attend pas l'autre, et que tout a bientôt disparu devant lui. Il engloutit : on le dirait, du moins.

» Le *Goinfre* est d'un si haut appétit, ou plutôt d'un appétit si brutal, qu'il mange à pleine bouche, bâfre, se gorge de tout assez indistinctement. Il mange et mange pour manger.

» Le *Gourmand* aime à manger et à faire bonne chère. (et en lisant ceci M. Grimardias appuyait fortement en regardant le misanthrope.) Il faut qu'il mange, mais non sans choix (1). »

— Je crois, ajouta le savant, que vous me supposez assez de raison pour ne pas me classer dans les premières catégories.

— Oui, répondit Tristan ; mais je pense aussi qu'un grand nombre d'hommes ne sont devenus *goinfres, goulus,* et même *polyphages,* qu'après avoir été *gourmands.*

— Mais, dit le docteur, qui, ainsi que M. Patelin, ne pouvait trouver l'occasion de placer un mot, ne peut-on

(1) Roubaud.

manger autant qu'on le peut d'excellentes choses, sans que la santé en souffre, et surtout sans mettre inutilement son esprit à la torture pour courir après des chimères?

M. Grimardias ne laissa pas longtemps la parole à son ami, et sous prétexte que son lièvre n'était pas encore cuit, ou plutôt, pour qu'on ne le confondît pas avec un *polyphage*, ce à quoi il tenait essentiellement, il recommença sa lecture :

— Messieurs, dit-il, je dois vous avertir que ce ne sont que de simples notes pour un ouvrage que je prépare ; elles ne sont pas même encore soumises à un ordre méthodique :

« Pandorée mangeait avec tant de gloutonnerie, que Cérès lui accorda le don de continuer à manger de la sorte sans être sujet aux indigestions. »

— Je voudrais bien, exclama M. Martin, jouir du même privilége !

— « Théogène de Thasos mangea en un jour un bœuf tout entier. »

— Cela n'est pas possible, dit vivement le docteur, aucun estomac ne pourrait digérer une pareille quantité de viande.

— Si vous lisiez quelque chose, vous ne seriez pas content qu'on vous interrompît, repartit M. Grimardias. Laissez-moi donc continuer :

« On attribue le même exploit à l'athlète Milon de Crotone, dont l'ordinaire était de vingt livres de viande, d'autant de livres de pain, et de neuf pintes de vin.

» Artydamas de Milet, se trouvant à la table du satrape Arobarzane, dévora tout seul le souper qu'on avait préparé pour neuf convives. »

M. Maigret se remuait sur sa chaise, et s'il l'eût osé, il aurait supplié le savant de ne pas fournir à Tristan de pareilles armes. Son amour pour la gastronomie et son savoir médical se révoltaient contre les faits cités par M. Grimardias, qui n'en continua pas moins sa lecture :

« Archestrate était un mangeur de premier ordre, et dans les salles de festin on mettait son médaillon à côté de celui de Cadmus. Il était d'une maigreur extrême.... »

— Peut-être avait-il le ténia, fit malignement observer le docteur ?

« ... Et pour peindre quelque chose de léger, on disait proverbialement : *léger comme Archestrate.*

» Suivant un historien, Clodius Albinus, empereur des Romains, aurait mangé en un seul jour cent truites, dix melons, vingt livres de raisin, cent becfigues et trente-trois douzaines d'huîtres.

» Théodoret parle d'une Syrienne qui mangeait chaque jour trente poulets. »

— Écoutez, monsieur Grimardias, s'écria le docteur, qui ne put se contenir, surtout en voyant le sourire de Tristan, vous connaissez ma doctrine médicale : elle consiste à manger le plus possible ; mais franchement, à moins d'être Gargantua, je défie qui que ce soit de digérer seulement la moitié de ce que vos historiens racontent.

— J'en suis fâché pour vous, répondit le savant, mais leur autorité me suffit, et je continue, parce que je crois à la véracité de ceux qui nous ont transmis ces détails :

« En 1510, il y eut, pendant la diète d'Augsbourg, un homme qui mangeait un veau et un mouton cuits en un seul repas. »

— Je ne m'engagerais pas seulement à consommer en

une journée le gigot qui est sur la table, dit à voix basse Tapagini au rentier, je préférerais du pain sec.

Malgré ces fréquentes interruptions, le savant poursuivait toujours la lecture de ses notes :

« Sous le nom de l'*Ogre de Wirtemberg*, il y avait en Saxe, au commencement du XVIIIe siècle, un homme insatiable, qui, pour de l'argent, mangeait autant qu'on voulait. Dans un seul jour il avala un cochon et un mouton tout entiers. Il croquait tout ce qui se trouvait sous sa dent, et une fois, par manière de plaisanterie, il engloutit deux boisseaux de cerises avec les noyaux. »

A ce dernier trait, l'assemblée tout entière éclata de rire, et notre pauvre savant finit par comprendre qu'il faisait fausse route. Son amour-propre prit pourtant le dessus, et pour dominer cette hilarité :

— Messieurs, dit-il, vous avez tort de rire ; l'existence de cet homme est constatée dans un mémoire présenté à l'Académie de Wirtemberg.

— Il y a eu, dans tous les temps des charlatans habiles, répliqua Tristan.

— Je n'ai plus que deux faits à citer, reprit M. Grimardias : le premier est raconté par de Thou, qui affirme que M. de Samblençay, son parent, étant archevêque de Bourges, mangeait sans interruption, qu'il faisait tous les jours six repas, et quittait toujours la table sans être rassasié.

Le dernier *polyphage* que je mentionnerai, existait de notre temps, et s'appelait Tarare. Il exerça plusieurs métiers, et mangeait en une journée l'équivalent du poids de son corps, c'est-à-dire cent livres ; il pariait d'avaler autant d'aliments que pouvaient en contenir plusieurs grands paniers. S'étant engagé, et se trouvant à l'armée du Rhin, la ration ordinaire ne lui suffit pas, et il tomba malade d'inanition. Pour le mettre à même de satisfaire sa voracité, le général Beauharnais lui confia une mission, qu'il remplit avec intelligence et courage, et qui lui valut une bonne récompense. Mais, quelques années après, il mourut de faim et de misère à l'hospice de Versailles.

Le savant s'arrêta ; et s'attendant à une vigoureuse réplique de Tristan, il retourna voir à la cuisine si son lièvre était cuit. Il ne le trouva pas encore au point désirable, et revint l'annoncer à ses convives, qui, se rappelant trop bien ce qu'ils avaient déjà mangé, n'eurent garde de s'en plaindre.

Tristan, soupçonnant que les gourmands attendaient sa réponse, prit la parole :

— Je n'abuserai pas, dit-il en s'adressant à M. Grimardias, de l'avantage que vous venez de m'offrir ; et laissant de côté tous les *polyphages* dont vous venez de parler, je vous demanderai si vous ne souriez pas de pitié quand vous lisez que Domitien convoqua le sénat pour savoir à quelle sauce on mettrait un turbot.

— Vous vous trompez, monsieur, répliqua le savant ; il ne s'agissait que de décider dans quel vase on le ferait cuire, et le *turbot* était, certes assez gros pour qu'on s'en occupât sérieusement. On a souvent employé du temps à des choses moins importantes.

Le misanthrope ne put s'empêcher de sourire à cette réponse ; néanmoins il voulut soutenir la discussion.

— Ainsi, dit-il, les persécutions et les crimes de Tibère s'effacent à vos yeux, parce que cet empereur donnait des prix à ceux qui se distinguaient par la somptuosité de leurs tables ?

— Certainement, répliqua M. Grimardias ; c'était un excellent moyen pour encourager les progrès de l'art culinaire.

— Par la même raison, poursuivit Tristan, vous ne vous sentez pas courroucé contre les vices d'Héliogabale, parce qu'il donnait des repas où l'on dépensait 50,000 fr., et que ses serviettes étaient en tissu d'or ?

— Non. Seulement je ne pardonne pas au Sardanapale romain d'avoir cru à l'existence du *phénix*, et d'avoir promis une fortune considérable à celui qui lui apporterait cet oiseau fameux, qu'il voulait mettre à la broche. C'est une erreur qui prouve son peu de connaissance en histoire naturelle. Mais j'approuve sa volonté de ne jamais consentir à manger ou à boire deux fois de suite dans les mêmes plats ni dans les mêmes vases. Cela indique de sa part une propreté exquise.

— L'approuverez-vous aussi d'avoir affamé de pauvres infortunés, et de leur faire donner ensuite des morceaux de pierre ou de bois peints représentant de la viande et des fruits ?

— Non certes, répliqua M. Grimardias ; la nourriture étant pour moi chose sacrée, je condamnerai toujours ceux qui en font l'objet de mauvaises plaisanteries. C'est pourquoi je blâmerai sévèrement Héliogabale de l'atroce plaisir qu'il se procurait avec les *sigma*. Les Romains nommaient ainsi un lit qui ressemblait à l'ancienne lettre grecque. Héliogabale s'amusait à placer autour d'une table séparée de la sienne, tantôt huit hommes chauves, tantôt huit goutteux, quelquefois

huit hommes maigres ou huit hommes gras. Ces malheureux ne pouvant ni se remuer ni porter la main à leur
bouche, divertissaient beaucoup l'empereur et ses courtisans. Voulant pousser plus loin cet amusement, il fit
fabriquer un *sigma* de cuir, et au lieu d'y mettre de la
laine, on le remplit d'air. Lorsque ceux qu'on plaçait sur
ce lit étaient bien en train de boire et de manger, on ou-
vrait secrètement un robinet, le *sigma* s'aplatissait, et les
pauvres gens tombaient sur la table. Croyez bien, monsieur, qu'on peut être gastronome, et ne pas rester insensible devant de pareils exemples de cruauté ; il n'est
personne au monde qui osât en prendre la défense.

M. Martin, qui craignait à chaque instant que les deux
champions ne se fâchassent, dit avec bonhomie :

— Vous finirez peut-être par vous entendre.

— Cela ne me paraît guère possible, répondit Tristan, car
je n'ignore pas que lorsque l'art culinaire est arrivé à son
apogée chez les deux plus grandes nations de l'antiquité,
c'était au moment de leur décadence. Cela me fait préférer le *brouet* des Spartiates aux mets de Lucullus.

— Vous serez servi à souhait, dit d'un air triomphant
M. Grimardias, car j'ai accommodé mon lièvre à cette
fameuse sauce. J'espère toutefois avoir mieux réussi que
madame Dacier qui, invitant plusieurs amis à dîner, leur
servit un fort mauvais ragoût en leur disant que c'était
un mets antique.

Un sentiment de terreur s'empara de tous les convives.
Jusqu'alors ils n'avaient mangé qu'avec répugnance ce
que le savant leur avait présenté, et pour achever leur
supplice on leur promettait encore un ragoût antique !
M Brillant se damnait d'avoir fait croire à M. Grimardias

qu'il avait composé une ode en son honneur ; Tapagini se croyait le jouet d'une illusion ; M. Patelin craignait que son amphitryon ne se fût fourni chez l'un de ses clients, et M. Martin poussait des soupirs à fendre les rochers.

Mais sans tenir compte du terrible effet que l'annonce du ragoût avait produit, le savant reprit la conversation :

—On aurait tort, dit-il, de médire de Lucullus ; nous n'a-vons pas beaucoup d'exemples d'une somptuosité semblable à la sienne. Il avait douze salles à manger, dont chacune portait un nom de dieu ou de déesse. Lorsqu'il invitait ses amis, il disait à son intendant : « Le dîner aura lieu dans le salon de Jupiter, d'Apollon ou de Mars. » Le nom seul du dieu ou de la déesse donnait la mesure de la somme qu'il voulait dépenser. Cicéron et Pompée ne dédaignaient pas d'aller lui rendre visite. Ils lui demandèrent un soir à souper, et comme Lucullus les suppliait de remettre la partie à un autre jour, ceux-ci insistèrent, et il les fit ser-vir dans la salle d'Apollon. Chaque repas, dans cette salle, lui coûtait 50,000 drachmes (20,200 francs). Je vous per-mets de critiquer les *polyphages*, ajouta M. Grimardias en s'adressant à Tristan, mais je défendrai toujours Lucul-lus ainsi qu'Apicius : ce sont les soutiens des vraies tradi-tions gastronomiques.

— Apicius, répondit Tristan. Ah! monsieur, votre héros est mal choisi, car c'est à propos de ce personnage que Sénèque disait : « Quelquefois, il ne faut qu'un homme pour corrompre toute une nation. » Je crois que j'aurais plus d'indulgence pour vos mangeurs de chair crue que pour de pareils corrupteurs.

—Mais vous n'y pensez pas, repartit M. Grimar-dias. Laissez-moi vous apprendre ce qu'étaient les trois Apicius. Tous trois étaient gourmands, et c'est un grand mérite : ne l'est pas qui veut. Le premier vivait sous la République ; le second sous Auguste et Tibère ; et le troisième sous Trajan. On trouvait sur leurs tables des langues de paon, de rossignol et des oiseaux du Phase. Celui qui vivait sous Auguste est le plus célèbre et tenait école de gourmandise. Il a même écrit un traité *De obsoniis et condimentis*, et ses expériences pour les sauces ne lui ont pas coûté moins de 1,500,000 francs. Il faudrait être ingrat pour oublier de tels sacrifices au progrès de l'art culinaire. Après avoir dépensé 12,500,000 francs, et voyant qu'en payant ses créanciers il ne lui en resterait que 1,250,000, il s'empoisonna, préférant la mort à la pauvreté. Voilà de ces traits admirables dont un ennemi de la gastronomie peut seul ne pas tenir compte.

— Quoi ! répondit Tristan, vous voudriez que j'estimasse Xercès parce que, lorsqu'il faisait un dîner dans une ville, on s'en ressentait pendant deux années. Je devrais aussi, par la même raison, glorifier Darius, roi des Perses, parce qu'il donnait des repas où se trouvaient 15,000 personnes, et que, pour un seul de ces festins, il dépensait 1,500,000 francs. Singulière façon d'envisager l'histoire !

— Comment, mon cher ami, dit le docteur, vous n'approuvez pas de telles choses? Mais ce devait être un magnifique spectacle que celui de 15,000 individus ayant tous bon appétit, et mangeant assez pour se préserver d'être malades pendant longtemps.

— Je ne continuerai pas une discussion qui, je le vois, n'aboutirait à rien, reprit le savant ; permettez-moi donc de vous lire un extrait curieux d'un auteur du XIᵉ siècle.

L'anecdote est assez lugubre pour plaire à M. Tristan :

Selon son habitude, le savant tira de son portefeuille un petit papier, et lut ce qui suit :

« Voici comment Domitien traita les principaux d'entre les sénateurs et les chevaliers qu'il avait invités à souper. Il fit préparer une salle dont le plafond, les murs et le plancher étaient tout noirs. Les chaises étaient de la même couleur. Les convives furent introduits seuls pendant la nuit, sans être accompagnés de leurs gens.

» D'abord, on mit devant chacun d'eux une petite colonne pareille à celles qu'on place sur les tombeaux, et sur laquelle se trouvait une lampe telle qu'on en suspend dans les sépulcres. De jeunes esclaves nus et le corps noirci, semblables à des fantômes, entrèrent dans la salle ; ils exécutèrent autour des convives des danses lugubres, et se placèrent ensuite à leurs pieds ; alors on apporta ce qu'on a coutume de servir dans les repas funèbres ; chaque chose était noire, ainsi que la vaisselle. Saisis de crainte et tremblants, ils s'attendaient à être bientôt égorgés. Ce qui ajoutait encore à leur effroi, c'était le silence qui régnait parmi eux, comme s'ils fussent déjà morts, et les discours de Domitien, qui, pour s'égayer, ne parlait que d'assassinats et de meurtres.

» Lorsqu'ils furent rentrés chez eux, on les demanda de la part de l'empereur... Ils frémirent... mais c'était pour leur donner tous les vases et ustensiles qui avaient été employés à ce repas funèbre, en y joignant même les esclaves qui les avaient servis (1). »

Après cette lecture, M. Grimardias passa dans sa cuisine pour aller y chercher son fameux *brouet*. Les con-

_____
(1) Jean Xyphilin.

vives se mirent à chuchoter tout bas, et Tapagini dit au docteur :

— Notre amphitryon est bien savant, mais c'est un triste cuisinier. Pouah! tout est salé, brûlé à l'excès, et il faudrait avoir le palais garni de plaques d'acier pour y résister. Ceux qui ne sont venus ici que pour y chercher un dîner doivent être bien désappointés.

— Est-ce pour moi ce que vous dites là ? demanda vivement le parasite.

— C'est possible.

— Vous n'êtes pas poli.

— Non, mais je suis franc : je n'aime pas les pique-assiettes.

— Monsieur!...

La rentrée du savant avec son lapin, qu'il tenait obstinément à baptiser du nom de *lièvre*, interrompit cette conversation : « Voici, dit-il, l'animal devant lequel Tycho-Brahé se sentait défaillir : nous n'en ferons certes pas autant.

— Il y a de singulières répulsions, ajouta M. Maigret : le maréchal d'Albret perdait connaissance dans un repas où l'on servait un marcassin ou un cochon de lait. Wladislas, roi de Pologne, se troublait à ce point qu'il prenait la fuite dès qu'il voyait des pommes, et Scaliger tremblait de tous ses membres dès qu'il voyait du cresson.

— Alexandre Sévère, reprit M. Grimardias, croyant avec tous les Romains de son siècle qu'en mangeant souvent du *lièvre* son visage s'embellirait, s'en faisait servir un à chaque repas.

— Ce n'est certainement pas cette niaiserie qui lui a valu son surnom, dit Tristan.

— Eh bien, que pensez-vous de mon brouet? demanda le savant d'un air satisfait.

— Qu'il est délicieux! répondit M. Brillant.

Tapagini avait bien envie de démentir le parasite, mais il retint sa colère.

Cette sauce tant aimée des Spartiates eût pu ressembler à la plupart des nôtres, car elle se composait de lard, de vinaigre et de beurre. Mais par économie, M. Grimardias s'était servi de beurre rance, de lard qui ne l'était pas moins, et le tout ayant brûlé pendant qu'il discourait, cela produisit le plus effroyable ragoût qu'on pût imaginer. Chaque convive rejetait aussitôt ce qu'il avait eu le malheur de mettre dans sa bouche.

Le savant était lui-même victime de son avarice et de son incapacité; aussi se crut-il obligé de dire avec une charmante modestie : « J'espère messieurs, qu'une autre fois je serai plus heureux; Vatel n'a pas toujours été célèbre.... Mais comme compensation, nous allons bientôt avoir une oie que j'ai fait cuire. En attendant, je puis vous donner quelques détails sur le *lièvre*; il a joué un rôle important dans l'antiquité. Cet animal, que l'on confond quelquefois avec le *lapin*, était chez les Grecs l'emblème de la poltronnerie. Je ne sais si c'est pour cette raison que Moïse et Mahomet ont défendu qu'on en mangeât; mais on voit aussi dans les *Commentaires de César* que les anciens Bretons regardaient comme un crime de tuer un lièvre. Quant au *lapin*, il est originaire d'Afrique et a été ensuite connu en Grèce, en Espagne et en Italie. Dans l'île de Délos, les Grecs l'adoraient, et faisaient poser des plaques de marbre à l'entrée des terriers pour qu'on les respectât. On alla même jusqu'à

12.

élever des temples au *lapin* et à le placer dans le ciel à côté d'Orion, parce que ce quadrupède avait, par ses ravages, porté la famine dans l'île de Léros.

— Il faut être bien méchant ou bien stupide pour adorer un instrument de malheur, dit Tristan.

— Est-il vrai, demanda M. Martin, que le *lapin* soit bon père, bon époux, et que pour défendre sa famille, il s'expose à tous les dangers ?

— J'en ai vu battre la caisse, en observant assez bien la mesure, dit Tapagini ; mais je ne connais pas les qualités morales du *lapin*.

— C'est un animal que j'affectionne peu, reprit M. Maigret. Pline et Varron constatent que Taragone a été détruite par une armée de *lapins* qui, en creusant leurs terriers, minèrent les fondations de cette ville.

— Les architectes étaient alors bien maladroits, ou les *lapins* bien intelligents, ajouta Tapagini.

Tout ce dialogue sur le *lapin* aurait été fort applaudi, si le dîner eût répondu aux espérances de nos gourmands. Mais, nous l'avons déjà dit, et nous devons le répéter, il semblait que le repas donné par M. Grimardias, fût une punition infligée à ses amis. Si les âmes de Vatel et de Carême fussent en ce moment sorties de leurs tombes, elles auraient énergiquement maudit le savant, en lui défendant à tout jamais de pratiquer l'art culinaire. Comme il est rare qu'une faute n'en entraîne pas une autre à sa suite, M. Grimardias, espérant toujours se réhabiliter aux yeux des gastronomes, sortit encore de la salle à manger pour aller chercher une *oie* entourée de pommes de terre. Mais, hélas ! lorsqu'elle parut sur la table, elle inspira de tristes réflexions à tous les convives.

— On ne doit pas oublier, dit-il en déposant l'oiseau du Capitole, qu'aujourd'hui, dans la plupart de nos campagnes, on fête la *Saint-Martin* par un repas où cette volaille est le principal mets. Cette coutume ne saurait être trop applaudie, car il se rattache aux *oies* des souvenirs historiques qu'il est toujours bon de rappeler :

Les anciens Égyptiens aimaient passionnément à manger de l'*oie*, et lorsqu'Agésilas vint dans leur pays, ils lui en offrirent une toute rôtie. Rhadamante vénérait les *oies* et se serait bien gardé d'en manger ; son respect pour elles fut poussé à ce point, qu'il déclara à ses sujets que ce ne serait plus par les dieux, mais bien par les *oies* qu'il faudrait désormais prêter serment.

— Tous ces renseignements historiques ne sont pas dépourvus d'intérêt, fit observer le misanthrope, mais si jamais un homme méritait qu'on célébrât dignement sa fête, c'est bien certainement saint Martin, lui qui se dépouillait de ses vêtements pour les donner aux pauvres grelottants de froid. Et pourtant nous ne sommes réunis ici que pour nous occuper des vertus du *lapin* et de beaucoup d'autres sujets non moins édifiants.

— Les *oies*, continua M. Grimardias sans tenir compte du reproche de son interrupteur, les *oies* ont été longtemps vénérées par les Romains, et regardées comme oiseaux sacrés, depuis que par leurs cris elles sauvèrent la ville de Rome. Dès que les censeurs étaient nommés, on les chargeait du soin de nourrir les *oies* du Capitole. Chaque année, il y avait une procession où l'on voyait une *oie* sur un brancard richement décoré, et à côté se trouvait un chien attaché à une potence, en souvenir de l'insouciance qu'avait montrée cet animal. Cette cérémonie eut lieu jusque sous les règnes de Nerva et de Trajan. Quand les Gaules furent soumises aux Romains, on mangea de l'*oie* sans aucun scrupule, et en Picardie on en élevait des troupeaux considérables que l'on conduisait à Rome.

— Les Romains savaient-ils engraisser la volaille? demanda M. Martin.

— Oui, répondit M. Grimardias ; et ce sont les habitants de l'île de Cos qui le leur avaient appris.

— On en faisait à Rome une si grande consommation, ajouta M. Patelin, que le consul Caïus Fannius établit une loi qui défendait de tuer des poules au moment de leur mue. Tout en paraissant respecter la loi, les gourmands mutilèrent les *coqs* et les mangèrent. C'est ce que depuis nous nommons *chapons*.

— J'ai lu, reprit le rentier, que les *oies* sont prévoyantes, et que lorsqu'elles passent sur le mont Taurus, où se trouvent beaucoup d'aigles, elles se prémunissent contre leur propre bavardage, en prenant une pierrre qu'elles mettent dans leur bec.

Tout le monde se mit à rire, sauf M. Grimardias.

— Messieurs, dit-il, ceci n'est pas une plaisanterie : le fait est confirmé par Mizaldus, liv. v, *De animi*, c. 29 ; Ælian, liv. v ; Gessner, *De avibus*, lib. iii, et Aldrovandus, *Ornith.* liv. xix, p. 109.

Enhardi par l'autorité de M. Grimardias, et par celle non moins imposante des auteurs que le savant venait de citer, M. Martin se permit de raconter encore l'anecdote suivante :

— J'ai lu, dit-il, qu'un auteur dont j'ai oublié le nom avait vu une *oie* qui tournait la broche où se trouvait un dindon, sans que la pauvre bête se doutât qu'un pareil sort l'attendait.

— Ceci est encore exact, ajouta le savant, et l'auteur dont vous avez oublié le nom n'est autre que le docteur Lemery, chimiste distingué. Je voudrais maintenant vous parler du rôle que les *poulets* jouaient dans les institutions religieuses des Romains. Ce n'étaient pas, au reste, les seuls animaux qui eussent de l'influence sur les affaires de ce pays. Je dois avoir là sur ma table une note qui nous renseignera à cet égard ; elle est extraite de l'ouvrage de M. Salgues.

Le savant chercha sur son bureau, et y trouva la note suivante qu'il lut à ses convives :

« La superstition était si répandue chez les anciens, que la vue d'un rat, le passage d'un blaireau, pouvaient changer les destins de la République. L'apparition subite d'une souris obligea Fabius Maximus d'abdiquer la dictature, et le consul Flaminius, de renoncer au commandement de la cavalerie. On gouvernait l'État sur l'avis d'un *poulet;* on portait les lois, on décidait de la paix ou de la guerre d'après le bêlement d'un *mouton* ou les entrailles d'un *chevreau :* le principe de la puissance législative était dans les basses-cours. Annibal, pressant le roi Prusias de livrer bataille aux Romains, le monarque s'en excusa en disant que les victimes s'y opposaient : « C'est-à-dire, reprit Annibal, que vous préférez l'avis d'un *mouton* à celui d'un vieux général. »

» Claudius Pulcher, prêt à livrer bataille aux Carthaginois, fit consulter les *poulets.* On vint lui dire qu'ils refusaient de manger. «Hé bien, répondit-il, jetez-les à la mer, peut-être voudront-ils boire.» Claudius perdit la bataille, et les augures n'en furent que respectés davantage.

» Cette superstition pour les oies, les poulets et les poules est encore confirmée par le trait suivant, consigné par Procope dans son *Histoire des Goths* :

» Honorius, empereur d'Occident, avait une poule qu'il aimait tendrement. Lorsqu'en 410 Alaric s'empara de Rome, l'empereur, ne tenant pas à voir ce barbare de trop près, s'empressa de partir pour Ravenne. Un esclave vint lui annoncer que la ville des Césars était au pouvoir de l'ennemi ; au nombre des choses précieuses, cet homme avait sauvé la volière. « Comment, s'écria l'empereur déconcerté, comment Rome est perdue? Mais cela ne se peut, elle vient de manger tout à l'heure dans ma main ! » La poule s'appelait *Rome*, et Honorius ne recouvra sa présence d'esprit que lorsqu'on lui eut démontré que c'était son empire seulement qui était perdu pour lui : « Ah ! tant mieux, s'écria-t-il, je craignais que ce ne fût ma poule. »

En entendant ces intéressants détails, les convives essayèrent d'entamer l'*oie* de la Saint-Martin, et ne pouvant y parvenir, ils prièrent le docteur de la découper. Il s'y prêta de bonne grâce, mais la volaille était si dure qu'il se coupa le doigt. Pendant qu'il l'enveloppait d'un linge, M. Grimardias lui disait :

— Votre accident me rappelle que le Coran, parlant de Joseph, fils de Jacob, dit que l'épouse de Putiphar voulut faire cesser les mauvais propos que les femmes de la ville tenaient à son sujet Elle leur offrit donc un splendide repas, et fit entrer Joseph au moment où ses invitées se disposaient à découper leur viande. Elles furent si émerveillées de la beauté du jeune homme, que presque toutes se coupèrent les doigts.

— Rien de semblable n'a causé mon malheur, répondit

en riant M. Maigret, et je n'en accuse que ma maladresse,
ou peut-être bien cette *oie* qui ne me paraît pas très tendre.

Non seulement cette volaille était dure, mais elle avait
un goût d'amertume si prononcé que les gastronomes lais-
sèrent tout dans leur assiette.

M. Grimardias commençait à devenir inquiet, car il
n'avait plus que de la *salade* et du *café* à offrir à ses amis.

Tapagini ne voulut pas confier à d'autres l'assaisonne-
ment de la salade, et il se chargea lui-même de ce soin,
en souhaitant que ce dernier mets pût un peu le réconcilier avec la cuisine du savant. Hélas ! une erreur de
M. Grimardias rendit encore cette espérance vaine : il se
trompa de bouteille, et les convives purent juger de ce
que valait cette habitude qui consistait, au moyen âge, à
assaisonner la salade avec de l'huile à brûler.

A la première fourchetée que les gourmands portèrent
à leur bouche, ce fut un hourra général. Sans Tristan et
le docteur, il y avait lieu de craindre que nos gastronomes
ne partissent tout de suite, comme une nuée d'oiseaux que
le chasseur a manqués. Le parasite avait déjà pris son chapeau.... Néanmoins tous comprirent que ce serait par
trop inconvenant, et M. Martin convint tout bas avec Tapagini d'aller, en sortant, souper chez le premier traiteur
qu'ils rencontreraient. M. Brillant, les ayant entendus, rêva
au moyen de les suivre; quant à M. Patelin, il était persuadé que le savant n'avait acheté ses comestibles qu'à
des falsificateurs. Pour Tristan, en apprenant le projet de
départ des gastronomes, il songeait à l'ingratitude des
hommes.

Effrayé de la colère de ses convives, M. Grimardia
s'excusa du mieux qu'il put, et raconta une partie de e

qui lui était arrivé avec sa femme de ménage, omettant toutefois de parler de ce qui avait trait à la question financière.

Par un bonheur inattendu, le café se trouva excellent. M. Grimardias, glorieux du succès qu'il avait obtenu, reprit courage, et s'adressant à ses convives :

— Messieurs, leur dit-il, avant que je vous lise quelques fragments de mon mémoire, permettez-moi de vous parler du *café*. Il est originaire d'Arabie, et l'on raconte diversement l'habitude qu'on a prise de le consommer à l'état de boisson. Voici les deux versions les plus accréditées.

Le prieur d'un couvent, situé en Orient, ayant remarqué que les chèvres sautaient et paraissaient joyeuses après avoir mangé quelques feuilles de *caféier*, imagina d'en faire infuser et d'en donner le soir à ses moines pour qu'ils se réveillassent plus aisément et assistassent aux offices de nuit. L'expérience réussit, et c'est à cela, dit-on, que nous devons de boire du *café*. D'après l'autre version, ce serait un mollah qui, le premier, aurait bu de cette infusion pour combattre le sommeil qui l'empêchait de dire ses prières. Les derviches suivant son exempl, le *café* se serait ensuite propagé en Orient et en Occident, où l'on en fait maintenant une grande consommation. Sa cherté en a longtemps privé la France...

— Et d'ignorants médecins y ont contribué beaucoup, ajouta M. Maigret. Je citerai même parmi eux Tissot et Hahnemann : le premier ne s'est pas contenté d'écrire un pitoyable livre sur la *santé des gens de lettres*, il a voulu encore interdire le *café*.

— Docteur, répliqua Tristan, vous attaquez Tissot parce

qu'il recommande aux écrivains de ne pas user trop vite leurs facultés en menant joyeuse vie. Je conçois que vous ne soyez pas d'accord avec lui, mais moi je soutiens que son œuvre est excellente, et plus d'un littérateur devrait souvent la relire.

— Passe pour Tissot, répondit le docteur ; mais vous m'accorderez cependant qu'Hahnemann est un fou, et qu'il supplicie les pauvres malades par un régime absurde ; il leur défend, par exemple, de manger une foule de choses exquises, et se permet de confondre le *café* avec les autres poisons qu'il leur fait administrer. Jamais je n'adopterai une pareille doctrine.

— En tout cas, reprit Tristan, ses disciples ne font pas mourir leurs malades d'indigestion, tandis que les vôtres...

— Il vaut mieux mourir d'indigestion que d'être empoisonné.

— C'est mon avis, ajouta M. Patelin, qui commençait à s'ennuyer considérablement.

— D'autant plus, reprit M. Maigret, qu'il y a si peu de gens qui meurent pour avoir trop mangé. L'indigestion, sachez-le bien, n'est pas une maladie, ce n'est qu'un accident gastrique.

Pendant cet entretien, le savant avait bouleversé tous ses papiers pour trouver une nouvelle note, qu'il s'empressa de lire, aussitôt qu'il eut obtenu le silence :

« Franklin, dit-il, ne connaissait que le *café* pour donner la plus grande énergie aux facultés intellectuelles. Mais que le bon *café* est rare dans les grandes maisons ! Il n'y a que le vrai gourmet qu'un vain éclat ne saurait éblouir. Il est là presque soucieux, attendant le *café*. On va le servir... il est servi. L'élégance des porcelaines, la forme riche et neuve du plateau, où l'or étincelle, font oublier un instant le moka... Un savant le déguste, il est délicieux ; une jolie femme effleure à peine sa tasse de ses lèvres vermeilles : ces tasses, ce plateau, sont d'un goût parfait. Un petit magistrat vide la sienne, il est grave comme lorsqu'il préside les assises ; un célèbre bibliothécaire rêve à un manuscrit, il ne saurait vous dire si c'est du café ou du thé qu'il vient de prendre ; l'amateur flaire, déguste le breuvage : l'émeute, la générale, le canon, rien ne saurait le distraire, toutes ses sensations, toutes ses facultés, son âme tout entière s'élance dans sa tasse.

» Les médecins les plus habiles ont du goût pour le café. Ce goût leur est naturel, parce qu'il y a une sorte de sympathie entre tout ce qui est bon ; et si par hasard ils ne sont pas tous de notre avis, s'ils en diffèrent un peu avant dîner, l'heure approche où ils deviendront indulgents : faibles eux-mêmes devant le plateau magique, ils pardonneront notre faiblesse ; que dis-je ? ils applaudiront à notre enthousiasme (1) ! »

Soit que ce discours l'eût converti, soit qu'il aimât le café, Tristan dégustait le sien avec un plaisir que M. Grimardias remarqua ; aussi s'empressa-t-il de dire au misanthrope :

— Je suis charmé, monsieur, qu'en ce moment nous nous trouvions d'accord.

— Croyez-vous donc, répondit Tristan, que je sois assez injuste pour ne pas aimer ce qui est bon ? En critiquant vos théories je n'ai voulu dire qu'une chose : c'est qu'il est triste de voir un homme comme vous employer

(1) Roques.

son intelligence à ce qui n'est qu'une partie de la vie, la nourriture du corps.

Le savant ne répondit rien ; quant à Tapagini, il faisait cette réflexion: que si le dîner eût ressemblé au *café*, il n'aurait pas été forcé de souper en sortant.

— Il est délicieux, s'écriait de son côté M. Brillant, qui, préférant le *sucre* au moka, en avait mis quatre énormes morceaux dans sa tasse.

— Savez-vous, M. Grimardias, quel a été le premier établissement de café en France ? demanda le rentier.

— Ce sont, dit-on, des Arméniens qui ont commencé à en vendre publiquement à la foire Saint-Germain, répondit le savant. Ils s'installèrent ensuite rue de Bussy, non loin de l'endroit où se tenait la foire. Deux garçons de ce café, Grégoire et Procope, voyant que ce débit avait du succès, s'établirent à leur tour rue des Fossés-St-Germain, maintenant rue de l'Ancienne-Comédie. Ce fut là que pendant long-temps se réunirent, chaque soir, une partie des encyclopédistes du XVIII⁰ siècle. Ceci prouve qu'il est peu d'hommes d'esprit qui n'aient aimé ce que Fontenelle appelait un *poison lent*. J'oubliais de vous dire que Louis XIV est le premier roi de France qui ait bu du *café ;* et il est bon que vous sachiez aussi que les Romains avaient des établissements publics semblables à nos cafés, et qu'ils nommaient *thermopoles*.

M. Grimardias brûlait du désir de lire à ses amis quelques fragments de son mémoire, mais le rentier voulut encore connaître l'origine du *chocolat* qu'il prenait chaque matin.

— Le *cacao*, qui en est la base, répondit le savant, a été apporté du Mexique en 1520 par les Espagnols. Ce fut la femme de Louis XIV qui, la première en France, a mangé du *chocolat*. Madame de Sévigné.....

— Elle n'a pas compris Racine, interrompit Tristan.

— Quant à cela je ne la blâme pas, reprit M. Grimardias, les poëtes sont des gens inutiles. La plupart ne tiennent pas à leur parole. (M. Brillant, qui comprenait que ces mots allaient à son adresse, ne savait plus quelle contenance tenir, et regardait tristement la porte.) Madame de Sévigné, répéta le savant, qui a médit du *café*, a aussi calomnié le *chocolat*. Dans une lettre écrite à sa fille, le 15 avril 1671, elle disait :

« Le *chocolat* n'est plus avec moi comme il était. La mode m'a entraînée, comme elle fait toujours. Tous ceux qui m'en disaient du bien m'en disent du mal ; on le maudit, on l'accuse de tous les maux qu'on a ; il est la source des vapeurs et des palpitations ; il vous flatte pour un temps, et puis vous allume tout d'un coup une fièvre continue qui vous conduit à la mort. »

— Et le *thé*, d'où vient-il ? demanda l'impitoyable M. Martin.

— De la Chine et du Japon, répondit M. Grimardias. C'est un arbuste qui atteint une hauteur de six à sept pieds. On croit qu'il n'a été introduit en Europe qu'au XVIIe siècle, et qu'il y a été apporté par les Hollandais.

— Vous savez sans doute, messieurs, dit M. Patelin, qu'en Chine on ne peut vendre du *thé* qu'après y avoir été autorisé ; celui qui en vend en cachette est puni de cent coups de bâton et d'un bannissement qui ne dure pas moins de trois années.

— Je me permettrai une dernière question, fit encore l'habitant du Marais, d'où vient le *sucre* ?

— La *canne à sucre* est originaire de l'Inde, répondit M. Grimardias ; de là elle vint en Arabie et en Afrique, où elle fut d'abord peu cultivée. Chez les anciens, le *sucre* était employé comme médicament ; les Grecs l'appelaient *sel indien*, et ils le tiraient de l'Orient. Au XIII⁰ siècle on apporta la *canne à sucre* en Sicile et en Provence, d'où elle fut ensuite transportée dans le midi de l'Espagne et du Portugal. En 1506, Pierre d'Esienca, étant aux Canaries, en prit des plants et les apporta à Saint-Domingue. Grâce à Michel Ballestro et à Gonzalès de Velosa, elle passa ensuite en Amérique. Sous Henri IV, le *sucre* était si cher et si rare, qu'on ne le vendait que chez les apothicaires, et à un prix excessif. Avant cette époque le *miel* en tenait lieu, et l'on s'en servait pour sucrer les confitures et la pâtisserie.

— Il y a quelques années, dit Tristan, je ne pouvais manger de *sucre* sans songer aux affreuses tortures subies par ceux qui le fabriquaient. Maintenant que l'esclavage n'existe plus dans les colonies françaises, j'en mange avec infiniment plus de plaisir.

A ce moment, M. Grimardias quitta brusquement la table, et, craignant qu'on ne le questionnât de nouveau, il alla prendre sur son bureau plusieurs fragments de son mémoire. Il revint bientôt après, et, d'une voix vigoureusement accentuée :

« Messieurs, dit-il en déployant les feuillets de son manuscrit, tous les hommes ont mangé, mangent et mangeront ; ceci est incontestable. Comment donc se fait-il que jusqu'à présent on n'ait voulu connaître les événements qui se sont accomplis, et prévoir ceux qui auront lieu, que par les monuments, les manuscrits ou les livres, et qu'on ait dédaigné ce qui se rapporte à la nourriture des peuples anciens et modernes ? Les révolutions devraient cependant nous prouver que les hommes ne sont mécontents que lorsqu'ils ne peuvent satisfaire leur appétit. Les nations, les provinces, les villes même où le peuple se procure à bon marché d'excellents aliments, sont plus exemptes de troubles que les autres, car il est notoire que les gens qui ont l'estomac creux sont disposés au mécontentement, et qu'un homme qui a faim est rarement de bonne humeur. C'est donc par amour pour la paix et la concorde que je me suis proposé d'écrire ce mémoire, et je crois que tous les hommes de bien encourageront cette heureuse tentative. Convaincu d'ailleurs que tout ce qui regarde l'alimentation ne saurait être négligé, je voudrais que ce fût par elle qu'on commençât les études de la jeunesse, et voici comment je procéderais.... »

— Quoi, fit Tristan en interrompant avec vivacité M. Grimardias, avant que les enfants fussent instruits des devoirs qu'ils auront à remplir, avant qu'on leur eût appris qu'ils ont une âme à préserver de toute souillure, vous voudriez qu'on leur parlât du sanglier à la troyenne, des festins de Lucullus et des repas d'Héliogabale ! Ah ! monsieur, aucun homme doué d'un peu de cœur et de raison ne saurait vous approuver.

Le savant allait répondre ; mais quelques livres placés sur les planches tombèrent sur la table, et M. Brillant, n'étant pas trop rassuré, dit au savant :

— Vous ne craignez pas que ces planches craquent?

— Non, répliqua froidement l'érudit gastronome, elles sont solides. Et sans se préoccuper davantage de cet incident, il reprit sa lecture.

— Du reste, ajouta-t-il, ce n'est pas le moment de discuter; j'arrive tout de suite aux faits intéressants de l'art culinaire.

« En Grèce, du temps de Périclès, ajouta-t-il en reprenant son manuscrit, on mangeait toute espèce de coquillages, les uns crus, les autres cuits sous la cendre ou bien frits; en général on les assaisonnait avec du poivre et du cumin..... »

— Les Grecs mangeaient-ils aussi des *escargots?* demanda M. Martin.

— Je l'ignore, répondit le savant, mais je sais que c'était le mets favori des Romains, et qu'ils en engraissaient dans des enclos. Maintenant on en mange beaucoup en France, et la Franche-Comté, la Bourgogne et la Lorraine nous en envoient d'excellents. Ce qu'il y a de singulier, c'est que ce sont des capucins de Fribourg qui, au XVe siècle, ont retrouvé l'art de les élever et de les engraisser.

— Je n'engagerais pas, dit le docteur, notre ami M. Martin à en manger beaucoup, car il deviendrait encore plus gras. A ce sujet, je me rappelle qu'à une époque dont je n'ai pas retenu la date précise, une famine affligea l'Angleterre. Au plus fort de la disette, on remarqua deux jeunes filles qui, tandis que tout le monde était d'une maigreur extrême, avaient acquis un embonpoint extraordinaire. Interrogées à ce propos, les deux demoiselles répondirent qu'elles s'étaient nourries d'*escargots* pendant la famine, et que c'était cet affreux mollusque qui les avait engraissées.

M. Grimardias, fatigué de toutes ces interruptions, ne reprit cette fois sa lecture qu'en souhaitant ardemment qu'on ne l'interrompît plus.

« A cette époque, dit-il, on mangeait aussi des œufs frais de poule et de paon.

» On connaissait parfaitement les procédés pour accommoder les andouillettes, les foies de sanglier, les pieds de cochon et les têtes d'agneau. Un mets exquis était des petits oiseaux pour lesquels on préparait une sauce qui se composait de fromage râpé, d'huile, de vinaigre et d *silphium....* »

— Dites de l'opium ou de l'*assa fœtida.* Les Romains employaient même ce dernier, dit le docteur.

— Ajoutez encore, fit aussi observer Tristan, que les mets dont vous parlez n'étaient servis que sur les tables des riches particuliers, et que le peuple d'Athènes ne se nourrissait que de salaisons et de légumes.

— Eh! messieurs, répondit d'un ton bref M. Grimardias, je ne m'occupe que de ce qu'il y a d'important dans l'art culinaire grec, et je n'ai pas à parler des herbes que mangeaient les ilotes : mais je vous préviens que si l'on m'interrompt encore, je cesserai ma lecture.

A cette menace, chacun fit silence.

« La basse-cour d'un véritable gastronome, reprit le savant, se composait de grives, d'alouettes, de becfigues, de rouges-gorges, de perdrix, de pigeons ramiers, de tourterelles, de bécasses, de faisans, etc. On y voyait aussi des marcassins, des sangliers et des chevreuils. Ses pourvoyeurs lui apportaient de tous côtés des dorades, des vives, des espadons, des aloses, des thons, des turbots, des surmulets, des rougets, de la raie, des sardines, des moules, etc.

» Tous les gens d'esprit dînaient souvent ensemble; à

ce propos je citerai un passage des *Nuits attiques* d'Aulu-Gelle :

« A Athènes, dit cet écrivain, nous célébrions les Saturnales avec la plus franche gaieté, ne nous livrant toutefois qu'à des amusements aussi honnêtes qu'agréables. La même table réunissait un certain nombre de Romains venus en Grèce pour y entendre les mêmes leçons et suivre les mêmes maîtres. Celui qui donnait le repas à son tour mettait sur la table un livre, grec ou latin, d'un vieux auteur, et une couronne de laurier, pour être donnés en prix ; il posait autant de questions qu'il y avait de convives, et le sort distribuait les places et les questions. La question était-elle résolue, on recevait le livre et la couronne. Si elle ne l'était pas, elle passait, d'un convive à l'autre, à la ronde. Si personne ne trouvait le nœud de la question, le prix était dédié au dieu dont ce jour était la fête. Les questions soumises roulaient sur une pensée d'un vieux poëte, enveloppée, sans être inintelligible, d'une spirituelle obscurité ; sur un point de l'histoire de l'ancien temps, sur une opinion philosophique bizarrement énoncée, sur une subtilité sophistique à résoudre, sur un mot rare et ambigu à expliquer, ou même sur un temps difficile d'un verbe connu.... »

— Les Grecs connaissaient-ils les *pique-niques ?* demanda M. Martin.

— Malgré votre brusque interruption, je vais vous satisfaire, répondit le docte gourmand. En Grèce, on nommait ces repas, où chacun paie son écot, *contributions céniques;* mais au lieu d'argent, chacun apportait son plat. Plusieurs auteurs grecs disent que ces réunions étaient fort agréables. Pindare, Homère, Athénée et bien d'autres, en parlent avec éloge. Les Romains prirent cette coutume aux Grecs, et nommèrent ces repas *symbola*. On a lieu de supposer que les *agapes* des chrétiens n'ont pas d'autre origine.

— Ces détails sont assez intéressants, reprit Tristan, mais que prouvent-ils? quelle est la conclusion que vous en tirez?

— J'en conclus, répliqua M. Grimardias, que la gastronomie ayant été en honneur dans tous les temps, on devrait la traiter avec plus de respect. Si tous les savants en faisaient une étude sérieuse ; si, au collége, on m'eût appris à faire cuire un civet ou à rôtir une oie, au lieu de me faire traduire Homère ou Virgile, j'aurais certes pu vous offrir un meilleur dîner que celui que je vous ai servi aujourd'hui. Je crois donc être utile à mes semblables en publiant d'aussi utiles renseignements, et si vous êtes de cet avis, veuillez encore. messieurs, me prêter toute votre attention.

Le savant allait donc reprendre la lecture de son mémoire, lorsque la voix du terrible questionneur vint de nouveau lui couper la parole. A ce moment, il s'en fallut de très peu que la mauvaise humeur de M. Grimardias ne l'emportât sur son amour-propre. Rien ne l'irritait davantage que d'être interrompu au milieu d'un discours ou d'une lecture ; et sans la présence de Tristan, il eût resserré ses notes, et admonesté sévèrement ses convives. Mais il n'osa en venir à cette extrémité, et s'adressant au rentier :

— Pour Dieu, monsieur Martin, laissez-moi vous instruire sans me questionner. Ce mémoire soulève les plus hautes questions philosophiques, et vous ne voudriez pas.

Le rentier baissa la tête, et M. Grimardias reprit ainsi :

« A l'exemple des héros d'Homère, les premiers Romains mangeaient assis sur des bancs de bois. Ils prirent de l'Asie la coutume de se coucher sur des lits. Mais les femmes ne trouvèrent pas cet usage convenable, et ce ne fut que sous les premiers Césars qu'elles s'y conformèrent; elles y renoncèrent définitivement au IVe siècle....»

— A ce propos, dit Tristan, Plutarque nous apprend, que Caton, voyant sa patrie déchirée par la guerre civile, et désespérant de la liberté, ne voulut plus manger qu'étant assis, afin de montrer son indignation et sa douleur.

— J'ajouterai en passant, reprit le savant, que les Gaulois remplacèrent les lits des Romains par des escabeaux; dans les festins on s'asséyait aussi sur des bancs de bois, ce qui a fait donner à ces réunions le nom de *banquet*.

« Les repas des Romains se divisaient en déjeuner, goûter, dîner et souper. Mais les artisans seuls déjeunaient et goûtaient : les personnes aisées déjeunaient à midi et soupaient le soir avec leurs amis....»

— De quoi se composait un repas d'artisans? demanda Tapagini.

— De pain, de fromage, de fruits et de vin, répondit sèchement M. Grimardias.

« Lorsqu'on invitait quelqu'un à dîner, on savait à l'avance son nom, sa qualité, et l'on plaçait les convives suivant leur rang.

» Valère Maxime nous apprend que, dans les repas solennels qu'on offrait aux dieux et aux déesses, ces divinités consentaient à adopter les coutumes des hommes. Ainsi Jupiter était couché sur un lit, et Junon et Pallas s'asseyaient sur des chaises....»

— Indépendamment des sacrifices, on donnait donc

encore des repas aux dieux ? demanda Tapagini, qui n'était pas très fort en histoire.

— Oui, monsieur ; et je ne puis mieux vous en donner une idée qu'en vous citant un passage de la *Vie privée des Romains :*

« On ordonnait dans les grands dangers, ou après quelque heureux événement, des repas solennels aux dieux en actions de grâces, ou pour implorer leur secours ; on appelait cette cérémonie *lectisternium*, de *lectos sternere*. Des prêtres appelés *septemviri epulones* présidaient à ces festins et les dirigeaient ; ils dressaient dans les temples, autour d'une table, des siéges et des lits couverts de tapis et de coussins ; on y plaçait les statues des dieux et des déesses qu'on avait invités aux repas, et ils étaient censés y prendre part, quoique ce fussent les *septemviri epulones* qui en tirassent tout l'avantage. Les lits sur lesquels étaient les statues s'appelaient *pulvinaria*, et les siéges des déesses *sellæ*; et c'est de là qu'on donnait aussi à ces festins le nom de *sellisternia* ou *solisternia*. Une grande peste qui se fit sentir à Rome, l'an 356, donna lieu à cette cérémonie, qui, dans la suite, fut observée fréquemment. »

— Monsieur Grimardias, je rends justice à votre érudition, dit Tristan ; mais je vous renouvellerai le reproche que je vous ai adressé à propos de la nourriture des Grecs ; vous ne nous parlez pas de ce que mangeaient les premiers Romains, et tous les documents de votre mémoire ne me paraissent avoir été pris que dans l'*Histoire du Bas-Empire*, c'est-à-dire à l'époque de la décadence.

— Ce que vous appelez *décadence*, répondit M. Grimardias, je l'appelle, moi, la renaissance de l'art culinaire, et je vous ai déjà dit que le reste ne m'avait jamais occupé. Cependant si vous voulez savoir quelle était la nourriture des premiers Romains, je vous lirai volontiers quelques notes, qui ne font pas partie de mon mémoire :

« Les repas des anciens Romains et leur manière de les prendre attestent évidemment leur tempérance et la simplicité de leurs mœurs. Les plus grands hommes ne rougissaient point de dîner et de souper en public ; il n'y avait sur leur table aucun mets qu'ils craignissent d'exposer aux yeux du peuple. Telle était leur attention à suivre les règles de la tempérance, qu'ils faisaient plus souvent usage de *bouillie* que de pain : aussi ce qu'on appelait *mola* dans les sacrifices, était-il uniquement composé de farine et de sel ; on saupoudrait de farine les entrailles des victimes, et les poulets sacrés qui servaient aux augures n'étaient nourris que de *bouillie ;* car c'était avec les prémices de leur nourriture que nos ancêtres se rendaient les dieux favorables, et ces offrandes avaient d'autant plus d'efficacité qu'elles étaient plus simples. »

— Je vous remercie de votre complaisance, reprit Tristan, et j'ajouterai que, indépendamment de cette bouillie, les Romains se nourrissaient de laitage et de légumes. C'est ce qui faisait dire à Sénèque : « On voyait d'illustres vieillards, couverts de gloire et de lauriers, manger au coin de leur feu les légumes qu'ils avaient eux-mêmes cultivés dans leur jardin. »

— N'avez-vous pas recueilli quelques renseignements sur les cuisines particulières des anciens? demanda le rentier.

— Certainement, mais je ne trouve rien de mieux

à vous citer à ce sujet que le *Palais de Scaurus*, traduit par Mazois :

« .... La cuisine de Scaurus est voûtée ; ses dimensions sont d'une grandeur démesurée : elle a 148 pieds de longueur ; et cela ne vous étonnera pas si vous songez aux festins qu'il donne, et combien il a d'hôtes, d'affranchis, d'esclaves à nourrir. La cheminée (*caminus* ou *fornax*), élevée à hauteur d'appui, est vaste et construite de manière à donner un dégagement facile à la fumée. Un tableau représente un sacrifice à la déesse Fornax, entouré de peintures qui offrent l'image de toutes les victuailles nécessaires pour un grand repas.

» Une foule d'esclaves s'agitent en tous sens autour des tables et des fourneaux : ce sont, entre autres, le maître d'hôtel, *archimagirus* ; le chef de cuisine, *supra coquos* ; les cuisiniers, *offarii* ou *coqui* ; les feutiers, les *focarii* ; les valets de cuisine, *mediastini* ; les officiers d'office, de boulangerie, etc.

» Selon l'ancien usage romain, les femmes sont exclues de l'office.

» Auprès de la cuisine il y a d'autres dépendances, telles que l'*olearium* , où l'on conserve l'huile dans de grands vases de terre cuite de quatre pieds de diamètre ; l'*horreum*, où l'on garde les provisions d'hiver, le miel, les fruits, les raisins secs, les viandes salées, et généralement tout l'approvisionnement nécessaire à une grande maison. Ces divers dépôts sont sous la surveillance d'un garde-magasin appelé *promuscondus*, qui tient compte de toutes les denrées et comestibles qui s'y trouvent, et les délivre aux domestiques , suivant le besoin du service. L'inten-

dant de la bouche a soin d'entretenir l'abondance dans ces
cantines et ces celliers.

» Une autre dépendance essentielle est le *pistrinum* ou
la boulangerie. C'est là qu'on broie le blé au moyen de
petits moulins de pierre tournés, les uns par des ânes, les
autres par des esclaves, condamnés à ce travail pour quelque faute qu'ils ont commise. Ces malheureux, maigres
et couverts de haillons, laissent voir sur leur dos les
traces sanglantes des fouets ; leurs cheveux rasés ne
cachent point les lettres dont leur front est marqué ; leurs
jambes sont chargées de fers ; quelques uns, plus coupables que les autres, ont été privés de la vue et travaillent enchaînés ; des femmes tournent aussi la meule.

» C'est encore dans le *pistrinum* que sont les fours
où l'on cuit le pain qui se consomme dans la maison. »

— Toute cette pompeuse description, dit Tristan,
s'efface à mes yeux devant celle du *pistrinum*. Pauvres
infortunés ! Il fallait que leurs maîtres eussent bien peu
de pitié pour faire ainsi souffrir des hommes qui n'étaient
coupables que de fautes légères.

Les gastronomes gardèrent un instant le silence, et
M. Grimardias lui-même ne put trouver un seul mot à
répliquer. Cependant Tapagini, qui attendait avec impatience le moment où il pourrait réparer les forces que
le dîner du savant venait de lui faire perdre, demanda à
M. Grimardias :

— A quelle heure les Romains soupaient-ils ?

— A la dixième heure, répondit le savant, c'est-à-dire
à quatre heures du soir ; mais si plus tard on avait faim,
on faisait encore une petite collation. Le souper était
presque toujours une réunion d'amis intimes ; en hiver il

se donnait dans un vestibule, et en été sous un platane
ou quelque autre arbre touffu. Avant tout, on cherchait
à rendre le repas agréable aux convives, et par les attentions qu'on avait pour eux, et par le choix des mets.

— Je suis surpris, dit Tristan, que vous ne nous ayez
pas encore parlé du repas que les anciens Romains nommaient *charistie*. Il avait lieu tous les ans, et l'on n'y ad-
mettait que les parents et les alliés de la famille. Le but
de celui qui l'offrait était de réconcilier ceux qui, dans le
cours de l'année, avaient eu quelque querelle ou quelque
discussion. L'âge et le caractère des plus pacifiques com-
mençaient à calmer les deux ennemis, et la joie du festin
faisait le reste.

Les critiques et le savoir de Tristan irritèrent plus encore M. Grimardias que les précédentes interruptions.
Il ne supposait pas qu'un ennemi de la gastronomie pût
être aussi instruit. Il abrégea donc la lecture de son
mémoire, et supprimant tout ce qui avait rapport à la
nourriture des différents peuples, depuis le déluge jusqu'à nos jours, il se contenta de lire ce qui suit à ses
auditeurs :

« Les tables des Gaulois étaient rondes , et dans les
festins solennels tous les convives se plaçaient en cercle. Celui chez lequel le repas avait lieu s'asseyait à
côté du plus riche, du plus noble, ou du plus vaillant.
Chacun des autres convives prenait ensuite place suivant
son mérite. C'était le premier cercle ; un second se for-
mait derrière , il était composé des *servants d'armes*. Les
uns portaient les boucliers, les autres portaient les lances.
A cela près de la différence de place, les servants étaient
traités comme tous les invités.

» La suite de ces repas n'était pas toujours exempte de rixes. Sous les plus légers prétextes, les Gaulois se provoquaient et se battaient souvent avec leurs mains. Mais quelquefois ils ne s'en faisaient pas moins de mal, et s'il arrivait que l'un des deux jouteurs se blessât, la colère remplaçait le jeu, et il s'ensuivait un combat terrible.

» Une autre cause de querelle était aussi la cuisse des animaux qu'on servait sur la table ; elle devait appartenir au plus brave. Si l'un des convives la voyait donner à l'un des invités, et qu'il eût la prétention de l'obtenir, un duel sanglant avait lieu entre les deux compétiteurs.... »

— Est-ce que c'est là ce que vous voulez donner en exemple à la jeunesse? dit en souriant notre philosophe.

— Pour juger de mes intentions, répondit le savant, il faudrait connaître entièrement mon mémoire, et ici je n'en ai lu que quelques fragments incomplets. L'heure s'avance, et si vous le permettez, je terminerai ma lecture par quelques détails sur les repas des Français.

— Terminez, terminez ! s'écrièrent impoliment quelques voix.

« Au moyen âge, reprit M. Grimardias, on choisissait pour salle à manger la pièce la plus vaste. Les murs étaient garnis de grandes tapisseries représentant divers sujets, mais le plus souvent des scènes tirées de la Bible, des romans de chevalerie, des chasses, des combats, des oiseaux, etc. On plaçait la table au milieu, et au bout de la salle se trouvait le *dressouer*, que depuis le xve siècle nous nommons *buffet*. Les rois en avaient ordinairement trois : un pour la vaisselle d'argent ; un autre pour les

pièces en argent doré, et un troisième pour la vaisselle
d'or pur. C'était là que l'on voyait d'admirables travaux
d'orfèvrerie et de ciselure ; par cet étalage d'*aiguières*,
de *hanaps*, de *vases*, de *bassins*, on pouvait juger de la
richesse de leur propriétaire.... »

— Pourquoi nommait-on certains individus *chevaliers
de la Table ronde ?* demanda timidement M. Martin.
Est-ce qu'ils étaient membres d'une société gastronomique?

— Non pas, répondit M. Grimardias. Voici leur origine.
A la suite d'un tournoi ou d'un combat à outrance., on
réunissait les rivaux à la même table, et pour éviter de
nouvelles discussions, toujours dangereuses en pareil cas,
sur le rang et la préséance, cette table avait la forme
d'un cercle : de là le nom de *chevaliers de la Table ronde*.

— C'est ce mot de table qui me faisait croire....

— Monsieur Martin, vous m'interrompez encore..

— Ah ! pardon, monsieur Grimardias ; continuez donc,
je vous en prie, répondit à voix basse le rentier.

Le savant reprit aussitôt son manuscrit :

« Lorsque Robert, fils de saint Louis, épousa Mahaut,
comtesse d'Artois, en 1237, il y eut comme intermède du
festin un spectacle curieux : un cavalier faisait marcher
son cheval sur une corde tendue au-dessus de la tête des
invités ; il y avait aussi des musiciens montés sur des
bœufs placés aux quatre coins de la table ; mais le plus
récréatif était de voir des chiens habillés en danseurs faire
des exercices dans le milieu de la salle, et des singes qui
portaient des chèvres, lesquelles avaient l'air de pincer
de la harpe.

» C'est Froissard qui nous a conservé tous ces détails. »

En voici de non moins curieux sur un autre intermède:

» En 1378, Charles V, roi de France, donna à l'empereur Charles IV un repas splendide. Pour entremets il y avait un vaisseau avec ses agrès, lequel entra dans la salle ; comme pavillon il portait les armes de Jérusalem ; Godefroy de Bouillon, entouré de chevaliers armés, était sur le tillac. Par un ressort caché, ce vaisseau s'avança au milieu de la salle, et ensuite parut la ville sainte avec une multitude de Sarrasins couvrant ses tours. Le vaisseau s'approcha de Jérusalem, les chrétiens quittèrent leur bâtiment, firent le siége de la ville, s'en emparèrent, et la croix fut arborée. A ce moment les convives se levèrent et dirent leurs *grâces* ... »

Quelques livres qui tombèrent sur la table interrompirent encore notre savant, et commencèrent à inquiéter sérieusement ses amis, qui lui firent part de leurs appréhensions.

— Ce n'est rien, répondit M. Grimardias ; n'ayez aucune crainte, messieurs. Et quoique nos gastronomes ne fussent pas trop rassurés, il se disposa à reprendre sa lecture, en faisant remarquer qu'il avait puisé les détails suivants dans un excellent livre ayant pour titre : *Histoire privée des Français.*

— C'est de Legrand d'Aussy, repartit M. Maigret.

— Non, monsieur, cet ouvrage ne porte aucun nom d'auteur. J'arrive, continua-t-il, aux banquets du xve siècle.

« A cette époque, les repas d'apparat étaient regardés comme un véritable spectacle. Les écuyers qui servaient paraissaient montés sur de hauts destriers couverts de drap d'or, et chaque service s'apportait en cérémonie, au son des flûtes et des hautbois.

» Les plats les plus exquis et les plus recherchés

étaient, comme on peut le penser, destinés au prince et aux personnes que l'on voulait honorer d'une manière particulière..... Aussi on ne se contentait pas de les placer couverts devant eux, on les fermait souvent avec un cadenas, dont la clef ne s'offrait qu'à celui qui devait en manger.

» La table du festin, placée dans la salle la plus vaste du palais ou ou château, était couverte de surtouts immenses, qui représentaient, tantôt des tours fortifiées en pâtisseries, tantôt des villes entières dorées ou argentées, et remplies d'animaux ou d'oiseaux vivants.

» Les armes des princes ou des dames en l'honneur desquels le repas se donnait étaient tracées et blasonnées avec art sur plusieurs plats. Mais la partie la plus soignée du banquet était le rôti et le dessert, qu'on apportait dans des vases de vermeil ou des chariots d'or de diverses formes. On y servait les animaux les plus rares, et en même temps ceux que nous regardons comme les moins propres à figurer dans un repas. Les paons, les hérons, les cigognes, et même les hérissons, y avaient une place distinguée. »

— Les intermèdes, observa M. Grimardias, s'exécutaient habituellement sur la table même, et la salle du festin était gardée par des archers à la livrée du prince, qui empêchaient le peuple d'entrer. Olivier de la Marche parle d'un banquet qui eut lieu à Lille, le 17 février 1433, à la suite de la joute du chevalier aux cygnes.

« On dîna, dit-il, dans une vaste salle à cinq portes gardée par des archers vêtus de drap gris et noir.

» Au milieu de la table s'élevoit une esglise croisée, verrée, et faicte de gente façon, dont le clochier avoit cloches sonnantes , et quatre chantres et enfans de chœur chantoient une très doubce chanson...

« Sur une autre table plus longue et plus large parois- soient :

» 1° Un pasté dans lequel estoient vingt-huit personnages vifs, jouant de divers instruments, chacun quand son tour venoit, entre autres un berger d'une musette moult nou- vellement.

» 2° Le château de Lusignan , les fossés remplis d'eau d'orange, et Mellusine en forme de serpent.

» 3ⁿ Un dessert où des tigres et des serpents se com- battoient avec fureur.

» 4° Un fol monté sur un ours, etc.

» Pendant le dîner, on entendit jouer l'orgue dans l'es- glise....

»... En 1468, continua M. Grimardias en tournant plu- sieurs feuillets de son manuscrit, au mariage de Charles- le-Hardi et de Marguerite d'York, eut lieu un autre ban- quet où l'on vit des choses plus singulières encore... »

Ces choses curieuses, le savant se disposait à les faire connaître à ses auditeurs, lorsqu'il crut remarquer en eux plusieurs mouvements d'impatience. Tapigini battait la mesure avec son pied, M. Martin mettait la main devant sa bouche pour s'empêcher de bâiller, et Tristan riait sous cape de l'ennui que le docte discoureur avait si bien su procurer à ses amis. En effet, quoique tous les convives eussent la plus respectueuse déférence pour le savoir de M. Grimardias, ils trouvaient cependant que les longues citations qu'ils venaient d'écouter étaient plus que suffi- santes. Ils allaient même en faire la remarque à notre érudit, lorsque celui-ci, pressentant leur projet, s'écria :

— Encore un peu de patience, messieurs, j'ai presque fini ; je n'ai plus qu'à vous parler d'un repas donné à Charles IX.

— Ce nom me fait souvenir, répliqua Tristan, que c'est à table que Catherine de Médicis, étant à Bayonne, convint avec le duc d'Albe d'entreprendre le massacre de la Saint-Barthélemy.

— Ah ! messieurs, de grâce, s'écria le savant, ne mêlons pas la politique à nos entretiens....

— Non, non, reprit le docteur, elle trouble la digestion.

M. Grimardias, enchanté de la ruse qu'il venait d'employer pour faire taire le misanthrope, reprit sa lecture au milieu du plus profond silence.

« Au mariage de Charles IX, dit-il, on joua deux entremets (intermèdes) représentant le siége de Troie.

» Ce même roi étant allé dîner chez un gentilhomme, le plafond s'entr'ouvrit à la fin du repas, et un gros nuage en descendit avec un effroyable vacarme, imitant le bruit du tonnerre ; ce nuage creva, et il en sortit une grêle de dragées et une odeur parfumée qui se répandit dans toute la salle.... »

En ce moment, le savant fut forcé de s'arrêter... Les planches qui lui servaient de bibliothèque s'étant cassées, un craquement épouvantable se fit entendre, et une avalanche de livres poudreux tomba sur la table, éteignit la lumière et brisa la vaisselle....

Dès qu'on eut rallumé la lampe, on s'aperçut que tous les gourmands avaient été victimes de cet affreux accident. M. Brillant était complétement défiguré ; plusieurs in-folios qu'il avait reçus en plein visage le rendaient semblable à un athlète sortant d'une lutte.

Tapagini jurait de toute la force de ses poumons, et dé-vouait le savant, sa cuisine et ses bouquins, à tous les démons de l'enfer. M. Martin croyait que sa dernière heure était venue. Le docteur apprêtait sa trousse en cas de fracture ou de contusions. Tristan seul était impassible.

Quant à M. Grimardias, il courait après les notes qui, placées sur son bureau, étaient perdues dans la paille. Mais loin d'être troublé par cet événement, le savant sut y trouver encore le sujet d'un nouveau discours :

— Sous le règne d'Auguste, dit-il, un pareil malheur ne fût point arrivé : pour préserver de la poussière la table et les convives, on suspendait une grande draperie au-dessus d'eux.

— Cela ne les préservait pas toujours, interrompit M. Patelin, car dans la description du repas que Nasidienus donna à Mécène, Horace parle d'un pareil tapis, et il dit que sa chute couvrit de poussière tous les invités, comme si le vent le plus violent se fût élevé dans les plaines de la Campanie.

— Eh! messieurs, les amis de Mécène ont eu encore plus de bonheur que nous, s'écria Tapagini en montrant les livres épars; ils n'ont été aveuglés que par la poussière, et nous sommes gratifiés de quelque chose de plus. Et puis, il y a aussi terriblement de différence entre notre dîner et celui de Charles IX : des in-folios ne sont pas des dragées.

— Corbleu! fit le parasite en se grattant l'échine, on ne m'y reprendra pas.

A la suite de cet événement, tous les convives s'empressèrent de quitter M. Grimardias, qui s'excusa du mieux qu'il put. Après leur départ, il s'efforça de re-

mettre un peu d'ordre dans sa chambre, ce qui n'empêcha pas que pendant quinze jours il eût à souffrir des
ravages causés par ce sinistre. Aussi notre savant se pro-
mit-il de ne pas essayer une seconde fois de donner à
dîner; et depuis lors il tint parole. En revanche, il continua d'accepter toutes les invitations qu'on lui adressait.

Tapagini et M. Martin étant convenus de souper en
sortant, se disposaient à entrer chez un restaurateur,
lorsqu'ils virent que le parasite les avait suivis. En effet,
malgré l'état déplorable dans lequel il se trouvait, M. Brillant n'avait pas renoncé à l'espoir de bien souper. Il s'a-
vança donc vers les deux amis, et d'un ton poli leur
fit cette question :

— Vous allez sans doute, messieurs, réparer le tort
que le dîner du savant a fait à votre estomac?

— Oui, répondit brusquement Tapagini ; mais j'ai
besoin de causer avec M. Martin, et nous voulons être
seuls.

Le parasite n'en restait pas moins droit comme un
pieu devant la porte du traiteur.

— Vous pouvez entrer, reprit le musicien; rien ne
vous gêne, il ne manque pas de place dans cette maison.
Mais, je vous le répète, nous ne pouvons être ensemble,
et le maître de l'établissement n'a jamais entendu parler
de votre poëme.

— Ah! c'est différent, répondit alors le parasite. Messieurs, fit-il en saluant très humblement, j'ai bien l'honneur de vous souhaiter le bonsoir.

Et le lauréat déconfit reprit en grommelant le chemin
de sa demeure. « Si, à ce mauvais repas, on n'eût tant
discuté et tant lu, pensa-t-il, on serait sorti plus tôt, et

j'aurais pu trouver encore à souper dans une autre maison..... Minuit sonne, il est trop tard. »

Vingt minutes après avoir marmotté ce monologue, M. Brillant escaladait d'un pas léger les soixante-quinze marches de son cinquième étage, et se jetait sur son lit, en fredonnant ces deux vers qui composent toute sa morale :

> Qu'importe qui sonne la cloche
> Quand j'entends l'heure du dîner.

Quant à nos deux gourmands, ils rattrapèrent si bien le temps perdu, que M. Martin put s'écrier en sortant de chez le restaurateur :

> . . . . . O disgrâce funeste !
> L'appétit disparaît, l'indigestion reste.

Il en fut malade pendant huit jours.

CHAPITRE CINQUIÈME.

La Saint-Hubert.

— · — · —

I

Le dîner précédent avait laissé de tristes souvenirs dans l'esprit de nos gastronomes. M. Martin, remis de son indisposition , n'espérait plus que dans le *Jour des Rois* pour convier ses amis, et ses bons auteurs étaient devenus impuissants pour calmer son impatience. Le savant, replongé dans ses études *phagotechniques* consommait des flots d'encre et des rames de papier. Tapagini s'occupait des répétitions d'un opéra dont l'infortuné Vatel était le héros principal, mais c'était en vain qu'il se creusait le cerveau pour composer une ouverture dans laquelle les instruments de cuivre imiteraient le bruit des ustensiles de cuisine. M. Patelin préparait un plaidoyer en faveur d'un marchand de vin qui avait des démêlés avec l'autorité judiciaire, et le parasite continuait à dîner en ville, justifiant de son mieux cet axiome de Colnet :

Un sot, mis à la mode, est toujours fort bien vu.
Le mérite n'est rien; on rit de la vertu ,
Et l'honneur tant vanté, l'honneur est peu de chose ;
Mais, aux yeux du vulgaire, un habit en impose.

Tous nos personnages étaient donc ainsi occupés selon leur caractère, lorsqu'ils reçurent un beau matin une lettre conçue en ces termes :

« Monsieur,

» Me disposant à quitter la France pour longtemps, peut-être pour toujours, je désire vous faire mes adieux et vous remercier de la bienveillance que vous avez accordée à un ennemi de vos principes culinaires. Je vous attends à dîner chez moi le jour de la *Saint-Hubert*, à six heures ; je serais désolé d'un refus, et j'espère que vous me ferez l'extrême plaisir d'accepter mon invitation.

» TRISTAN. »

On doit penser qu'à la réception de cette lettre les gastronomes ne furent pas médiocrement surpris; ils n'eurent qu'une crainte, celle de faire un aussi mauvais repas que chez M. Grimardias. Le plus étonné d'entre eux fut le parasite que Tristan avait convié en le priant d'apporter quelques fragments de l'*Homme tranquille*.

Il ne pouvait en croire ses yeux, et se trouva fort embarrassé par la demande du misanthrope. Qu'on juge de sa situation.

Pour tous ses amis, le poëme de l'*Homme tranquille* était une réalité, pour lui-même ce n'était qu'une fiction : fiction heureuse, puisqu'elle avait eu le pouvoir de l'aider à vivre pendant plusieurs années ; mais enfin il ne pouvait, en deux jours, composer un poëme en douze chants. Il se trouva donc dans la situation d'un homme partagé entre l'espoir d'un bon dîner et le supplice cruel qu'on allait infliger à son amour-propre. Il craignait aussi que

M. Grimardias ne lui réclamât la fameuse ode qu'il soutenait toujours avoir composée en l'honneur du savant.

Toutefois, après avoir réfléchi, la gourmandise l'emporta. « J'improviserai quelques vers, ou mieux encore
j'en volerai à quelque poète ignoré, se dit-il, et cela suffira ; le dîner doit être excellent, il n'y a pas à hésiter. »

Il brossa son habit, prit un grave maintien, et se rendit
chez Tristan.

II

Lorsque nos gourmands entrèrent chez le misanthrope,
ils le trouvèrent encore plus sombre et plus rêveur que
de coutume. Le docteur lui en demanda la cause.

—J'avais deux amis intimes, répondit Tristan ; l'un vient
de mourir à la suite d'excès ; l'autre, ne pouvant supporter une misère affreuse, s'est brûlé la cervelle. Je vous
demande pardon, messieurs, ajouta-t-il, de vous recevoir
dans un pareil moment ; mais lorsque je vous ai invités,
j'ignorais ces tristes nouvelles. Mettons-nous néanmoins
à table, je crois que vous serez contents du dîner.

Pendant ce dialogue M. Martin regardait avec étonnement les tableaux qui décoraient l'appartement. Presque
tous étaient des portraits d'hommes remarquables à divers titres, et principalement de ceux qui avaient été
méconnus par leurs contemporains. On aurait pu appeler
cette galerie le martyrologe du génie. Parmi les poètes,
on y voyait Homère, le Tasse, Dante, Camoëns, Michel
Cervantès ; parmi les savants et les philosophes, Pythagore, Socrate et Galilée ; et parmi les hommes utiles,

Washington, Franklin, Parmentier et beaucoup d'autres encore.

Le rentier, trouvant ces tableaux moins intéressants que ceux qui décoraient sa salle à manger, les regarda peu et se mit à table, non toutefois sans être un peu embarrassé de sa contenance.

Quoique le dîner fût parfaitement servi, et que Tristan fît tous ses efforts pour être agréable à ses convives, ils se trouvèrent d'abord gênés par son sévère maintien. Si M. Grimardias n'eût été là, personne n'aurait osé prendre la parole.

Mais en voyant des *anchois*, le savant se mit à dire :

— Les Romains aimaient beaucoup ce poisson, et après l'avoir fait fondre et liquéfier dans sa propre saumure, ils l'accommodaient à une sauce exquise nommée *garum*.

— Y a-t-il longtemps que l'on sait faire les *sauces* en France ? demanda le rentier.

— L'étude des *sauces*, répondit M. Grimardias, ne date sérieusement que du règne de Louis XIV. Sous Louis XIII, on ne mangeait presque que des viandes rôties ou bouillies; les boulangers avaient des fours où ils cuisaient de la viande pour tout le monde. Cependant je dois dire que sous Louis XII il se forma à Paris une corporation de *sauciers* qui eut le privilége de faire les *sauces*, ce qui n'était permis ni aux pâtissiers ni aux rôtisseurs. Autrefois, parmi les *sauces* les plus renommées on pouvait citer la *jence*, qui se composait d'amandes pilées, de gingembre, de bon vin, de beurre et de verjus; et la *cameline*, dans laquelle il entrait du gingembre, des clous de girofle, de la graine de paradis, du pain émietté et d'excellent vinaigre aromatisé.

— Qui donc a inventé la *sauce Robert?* demanda Tapagini.

— Broussin, repartit le savant, le célèbre Broussin sur lequel Chapelle a fait ces vers si connus :

> Broussin dès l'âge le plus tendre
> Inventa la sauce Robert ;
> Mais jamais il ne put apprendre
> Ni son *Credo* ni son *Pater.*

— Ce grand homme, dit M. Maigret, eût obtenu un prix s'il eût vécu parmi les Sybarites ; ces voluptueux donnaient une couronne d'or à celui qui inventait un mets nouveau.

— Un pareil concours, répliqua Tristan, était bien digne de ces gourmands qui invitaient les gens à dîner une année à l'avance, afin de leur servir les mets les plus délicats.

Le vin du misanthrope était excellent, et le parasite buvait sec. Comme dans ce cas il était doué d'une grande hardiesse, il s'adressa au maître de la maison et lui demanda pourquoi il les avait invités le jour de la Saint-Hubert.

— Parce que, répondit celui-ci, la chasse étant ouverte, je pourrai vous offrir du gibier, et qu'aussi, devant partir prochainement, je voulais vous faire mes adieux.

servait justement un *canard musqué* dont l'odeur procura une douce satisfaction à nos gourmands.

— Il y a pourtant quarante-deux espèces de canards, dit le docteur, et si celui que notre ami Tristan vient de nous présenter n'eût pas été bien préparé, nous croirions qu'au lieu de manger de la viande nous avalons du musc.

— En Chine, ajouta M. Patelin, il est défendu de tuer des *canards* sauvages, parce qu'ils détruisent les mauvaises herbes dans les champs ensemencés sans endommager les grains, et les voyageurs assurent en avoir rencontré des bandes de plusieurs milliers.

— Ceci me rappelle, ajouta le savant, qu'un Polonais, exilé par Paul Ier obtint sa grâce en envoyant chaque semaine à l'empereur un *pâté de foies de canard* qui arrivait à Saint-Pétersbourg dans un parfait état de conservation.

— Ce pâté n'a pas joué le même tour à Paul Ier qu'au médecin La Mettrie, dit Tristan. Allant voir un malade, ce médecin trouve un pâté chez son client, le goûte, l'emporte, le mange tout entier, et meurt d'une indigestion. Notre docteur connaît sans doute la doctrine de La Mettrie.

— Vous êtes un entêté, répondit M. Maigret, vous confondez toujours la gastronomie avec la gloutonnerie.

M. Martin avait frissonné en entendant cette anecdote; il se souvenait des suites de son souper avec Tapagini, et ne désirant pas qu'on insistât longuement sur ce sujet, il fit prendre un autre tour à la conversation.

— Il fut un temps, dit-il, où je chassais beaucoup...

— Alors, fit le parasite d'un ton impertinent, vous pouvez chanter :

J'étais bon chasseur autrefois, etc.

Tapagini, s'apercevant que M. Brillant s'enivrait encore, se disposait à lui répondre, mais Tristan l'en empêcha en lui disant tout bas : « Laissez-le, il va bientôt recevoir sa punition. »

— Chaque fois que je revenais de la chasse, reprit le rentier, ma carnassière était remplie de perdreaux, d'alouettes, de lièvres...

— Ah! fit le parasite, voilà M. Martin qui va nous conter

quelques gasconnades; il y en a, au reste, de fort amusantes.

Tapagini bouillait de colère, et M. Martin n'était pas moins mécontent, car il riposta d'un ton piqué :

—Monsieur, je ne ressemble pas à certaines gens; je ne mens jamais.

M. Grimardias, mécontent de la vivacité de ces répliques, s'empressa de mettre un peu de calme dans cette conversation qui menaçait de dégénérer en dispute.

—Tous les peuples, dit-il, ont eu de célèbres chasseurs. Ce sera un éternel honneur pour Pollux d'avoir le premier dressé des chiens de chasse, et Castor s'est couvert d'une gloire immortelle pour avoir, lui aussi, le premier, employé ses chevaux à courir le cerf. Dans leurs chasses les Romains se servaient de chiens, de faucons et d'éperviers; c'est par suite de cette habitude qu'en France, ceux qui avaient droit de chasse portaient un de ces oiseaux sur leur poing.

—La loi, reprit M. Patelin, défendait à un Français prisonnier de donner pour sa rançon son épée ou son épervier.

—Oui, répliqua Tristan, mais il pouvait livrer tous les paysans de ses terres.

—J'ai dépensé beaucoup d'argent pour ma chasse, reprit M. Martin. Je ne sais comment je faisais, mais j'oubliais toujours mon permis, et alors les gardes-champêtres et les gendarmes dressaient à qui mieux mieux des procès-verbaux contre moi.

—Heureusement que vous ne viviez pas sous la première race, ajouta en riant l'avocat, car, vous le savez sans doute, après avoir été longtemps libre, la chasse fut défendue sous peine de mort. Pour preuve, je citerai ce chambellan que Gontran, roi de Bourgogne, fit impitoya-

blement lapider, parce que ce malheureux avait tué un
buffle dans la forêt de Versac.

— Henri IV n'a-t-il pas publié des édits sévères sur la
chasse? demanda Tapagini.

— Oui, répondit M. Grimardias; un entre autres qui
porte que « le paysan surpris autour d'une remise avec
un fusil sera mené, fouetté, autour du buisson où il aura
été trouvé, jusqu'à effusion de sang. » Pour l'honneur de la
mémoire de ce *bon* roi, j'aime à croire que cet édit n'a pas
été exécuté.

La conversation en était-là, lorsqu'on servit des *perdrix*
dont le fumet flatta d'une manière sensible l'odorat de nos
gourmands. Rien n'était plus propre à les mettre d'accord
qu'un mets aussi succulent. Aussi éloigna-t-il toute controverse, et donna-t-il lieu à un nouveau récit de notre savant.

— Voilà, dit-il, un mets que les Athéniens chéris-
saient, et ils avaient parfaitement raison. Sans le roi
René nous n'en aurions peut-être pas encore. Ce roi qui, à
ses diverses qualités de poëte et de musicien, joignait celle
de gastronome, rapporta des *perdrix* de l'île de Chio, et
lorsqu'on vint lui apprendre qu'il était détrôné, il était,
dit-on, occupé à peindre un de ces oiseaux.

Le dîner donné par Tristan fut parfaitement servi, et
tous les mets qui le composèrent étaient d'une extrême
délicatesse. Ajoutons que le dessert fut un digne cou-
ronnement du repas, ce qui fit grand plaisir à M. Brillant qui, nous l'avons déjà dit, aimait beaucoup la *pâtisserie*. Aussi interrogea-t-il M. Grimardias pour savoir
à qui l'on devait de manger d'aussi bonnes choses. Le
parasite n'était pas fâché de flatter l'amour-propre de
notre érudit. C'était un adroit procédé pour empêcher

M. Grimardias de lui redemander l'ode qu'il affirmait toujours avoir composée en son honneur.

— On attribue à Théarion l'art de la pâtisserie, répondit le savant ; je crois vous avoir dit, le jour de la *Fête des Rois*, qu'il avait aussi perfectionné la fabrication du pain. Suivant Athénée, la *pâtisserie* aurait été inventée en Cappadoce. Pour moi, je crois qu'elle a existé de tout temps, car dans l'histoire de chaque pays il est question de gâteaux. En France, ce furent les châtelaines qui les préparaient pour les preux chevaliers.

— On trouve, répliqua l'avocat, dans une charte de Louis le Débonnaire, qu'il est ordonné à un fermier de donner à l'abbaye de Saint-Denis cinq muids de farine fine pour que les moines puissent se régaler de bonne pâtisserie.

— Ces moines me ressemblaient, repartit M. Brillant en mangeant avec bonheur un énorme quartier de gâteau d'amandes.

— Savez-vous, messieurs, fit M. Patelin, que le chancelier de l'Hospital défendit de crier des petits pâtés dans les rues, donnant pour raison que c'était du luxe.

— Comment, s'écria le savant, le chancelier de l'Hospital a-t-il pu défendre la vente des petits pâtés, lui qui était si gourmand et qui payait si cher son cuisinier ? L'histoire ne nous a-t-elle pas appris que Bruyerinus lui a dédié son livre *De re cibaria*, et que, dans la dédicace, l'auteur vante avec un luxe inouï d'épithètes l'estomac érudit, le palais savant et la science gastronomique de son protecteur ? Avoir, après cela, défendu les *petits pâtés*, c'est vraiment inconcevable !

— Le chancelier, reprit M. Maigret, n'eût pas été d'accord avec la Faculté de médecine. Autrefois, lorsqu'un étudiant passait sa dernière thèse, cette Faculté exigeait qu'il lui fît cadeau de je ne sais combien de *galettes* et de *petits pâtés*, qu'elle distribuait aux plus anciens docteurs et professeurs. C'était pour cette raison qu'on appelait cette thèse *Pastillaria*.

— J'approuve fort cette ancienne coutume, et l'on aurait dû la conserver, répliqua M. Brillant. Je me trouvais, il y a quelques années, dans le département du Jura, et j'ai vu avec plaisir que les deux jeunes gens qui allaient se marier distribuaient des *dragées* et des *beignets* à leurs parents ; mais je n'ai pu assister à la noce où, sans doute, il dut se consommer énormément de *pâtisserie*.

— Vous y auriez vu encore, ajouta M. Grimardias, un des parents présenter à la jeune épouse un morceau de pain noir, un gâteau et du vin, comme symbole des plaisirs et des peines de son nouvel état.

— Les *beignets* dont vous venez de parler, fit l'avocat, me rappellent que, dans la Vie de saint Louis, Joinville dit que les Sarrasins présentèrent gracieusement des *beignets* au roi et aux chevaliers de sa suite, lorsqu'on les mit en liberté.

— C'est une attention dont ils durent savoir bon gré aux infidèles, observa M. Brillant, dont l'intempérance de langage annonçait de fréquents sacrifices à Bacchus.

— On connaissait donc déjà la *friture* à cette époque? demanda M. Martin.

— Certainement, répondit M. Grimardias, puisque l'abbé Robert, confesseur de Louis IX, dit dans un sermon qu'il prononça devant le roi : *Peccata proximorum frixiora sunt justorum*, ce qui signifie : « Les péchés des autres mettent les justes dans la poêle à frire. » Pour en revenir à la pâtisserie proprement dite, j'ajouterai que dans l'ancien temps, il y avait une coutume singulière : le jour de la Pentecôte on plaçait des gens à la voûte des églises, et au moment où l'on entonnait le *Veni Creator*, ils faisaient descendre des étoupes enflammées, et jetaient des feuilles de chêne et des *nieules*, qui ressemblaient à ce que, depuis, on a nommé *oublies*.

— Puisque nous en sommes sur ce sujet, dites-moi ce qu'on entend par *Pays de Cocagne*? demanda M. Martin. J'ai toujours cru que c'était un pays où l'on vivait si bien, que ce serait un bonheur ineffable d'y passer son existence.

— Le *Pays de Cocagne* est une pure invention, répondit le savant, et voici ce qui y a donné lieu :

En 1560, Petrus Nobilis a dressé une carte de ce pays, qui a tant exercé l'imagination de quelques gastronomes peu instruits. Entre autres choses curieuses et impossibles, on y voyait le volcan de pâtes d'Italie, des melons et des laitues gigantesques, un fleuve de vin muscat, dont les rives étaient des tartes, et le pont un biscuit. On y remarquait aussi des arbres à beignets, une pluie de rôtis, une fontaine de Malvoisie et des taupinières de sucre. Ce qui n'était pas moins intéressant, c'étaient des fours naturels et inépuisables de pâtés chauds. Les monuments se composaient d'un palais du sommeil ouvert à tout venant, et d'une prison d'État où l'on enfermait ceux qui, en travaillant, commettaient le crime de ne pas s'abandonner à la paresse. Cette forteresse était défendue par des fossés remplis de vin doux et des canons chargés de bouteilles. Le roi de cet admirable *Pays de Cocagne* se nommait, dit-on, *il signor Panigo*.

— Quel malheur que ce ne soit qu'un pays imaginaire, fit M. Martin en poussant un gros soupir !

— Je ne vous ai parlé que de la fiction, reprit M. Grimardias, permettez-moi maintenant de vous parler de la réalité.

Anciennement on appelait une *Cocagne* le buffet garni de mets de toute espèce, parmi lesquels se trouvait souvent un bœuf tout entier et rôti ; dans cet animal se trouvait aussi un cerf, et dans ce cerf une infinité d'oiseaux. En Italie et en France on appelait *cocagnes* les réjouissances publiques qui avaient lieu pour les entrées des rois et des reines, ou pour leur mariage. C'est ainsi que lorsque Charles V entra à Paris, on vit une fontaine qui, par quatre robinets, distribuait du vin rouge, du vin blanc, du lait et de l'eau.

— Triste coutume ! dit le misanthrope : elle est le véritable thermomètre d'une époque ignorante et barbare.

— Il n'y a pas trente ans, ajouta M. Brillant, que dans ces libations publiques on distribuait en outre des pains et des cervelas. J'ai vu, s'écria le parasite en déclamant avec emphase :

> J'ai vu, sur des tréteaux, le préfet des polices,
> Jeter au peuple des saucisses
> Qu'un gendarme galant couvrait de papier gris.

M. Grimardias n'avait pas envie de discuter ; sans cela, au lieu de sourire à la citation du lauréat, il eût vertement répondu à Tristan ; mais il avait oublié ses notes manuscrites, et cet oubli le gênait à ce point qu'il crut devoir garder le silence. Le docteur ne voulant pas cependant laisser tomber la conversation, pria le misanthrope de leur lire un discours qu'il avait prononcé en Angleterre devant les membres d'une société de tempérance. En entendant cette proposition, M. Brillant fut au comble de la joie; il espéra qu'une discussion entre Tristan et M. Grimardias allait s'élever à propos de cette lecture, et qu'alors on oublierait complétement son ode et son poëme. Mais le sort en décida autrement. En effet, le misanthrope, qui avait toujours supposé que de son poëme de l'*Homme tranquille*, le soi-disant lauréat de Carpentras n'avait composé que le titre, Tristan, disons-nous, était tout disposé à s'amuser aux dépens de ce personnage.

— Je veux bien, messieurs, vous lire mon discours, répondit-il; mais à deux conditions : la première, c'est que vous serez indulgents; la seconde, c'est qu'après ma lecture, M. Brillant aura la complaisance de nous réciter quelques vers de son œuvre poétique.

Le parasite pâlit, voulut s'excuser; mais tous les convives le prièrent si instamment, qu'il promit ce qu'on désirait de lui. A partir de ce moment, il se recueillit et se livra tout entier aux douceurs de l'improvisation, en ayant soin toutefois d'exciter sa verve par quelques copieuses libations. Tristan alla chercher son discours, et, fort de l'assentiment de ses auditeurs, il lut ce qui suit sans être interrompu.

> Tout ce que j'ai donné à mon ventre a disparu; mais j'ai conservé toute la pâture que j'ai donnée à mon esprit.
>
> CALLIMAQUE.

« Messieurs, on est affligé de l'excès de misère qui afflige certaines populations qui ne se nourrissent que de glands, de châtaignes ou de maïs ; on frémit de douleur en voyant une nation comme l'Irlande être parfois réduite à vivre d'herbes crues; on gémit sur cette mort causée par la faim qui décime parfois des millions d'hommes, et l'on dit avec un écrivain moderne: « *C'est un long jour* » *qu'un jour sans pain !* Ne vous semble-t-il pas entendre » un cri de détresse, un long cri de la pauvreté qui sup- » plie avec une effrayante énergie qu'on s'occupe d'elle, » qu'elle a besoin d'être rassasiée (1)? »

» Si ces souffrances inspirent de douloureuses réflexions, l'excès contraire en fait naître aussi de bien tristes, et l'on ne peut, sans être profondément affligé, examiner les ravages produits par l'*intempérance ;* nous ne voulons parler ici que de celle qui se rapporte aux excès alimentaires. Au nombre des maux qu'elle enfante on doit mettre en première ligne la *gourmandise*, la *gloutonnerie* et le *parasitisme*. Nous allons traiter séparément ces trois sujets, et nous parlerons ensuite de la *sobriété*.

» Le gourmand est trop bien peint par un philosophe du xviiᵉ siècle, pour que nous en fassions un second portrait:

« Cliton n'a jamais eu en toute sa vie que deux affaires, » qui est de dîner le matin et de souper le soir; il ne » semble né que pour la digestion : il n'a de même qu'un » entretien : il dit les entrées qui ont été servies au der- » nier repas où il s'est trouvé; il dit combien il y a eu de » potages ; il place ensuite le rôt et les entremets ; il se » souvient exactement de quels plats on a relevé le pre- » mier service; il n'oublie pas le *hors-d'œuvre*, le fruit

(1) Ferdinand Denis, *Philosophie de Sancho.*

» et les assiettes; il nomme tous les vins et toutes les
» liqueurs dont il a bu; il possède le langage des cui-
» sines autant qu'il peut s'étendre, et il me fait envie de
» manger à une bonne table où il ne soit point : il a sur-
» tout un palais sûr, qui ne prend point le change, et il
» ne s'est jamais vu exposé à l'horrible inconvénient de
» manger un mauvais ragoût, ou de boire d'un vin mé-
» diocre. C'est un personnage illustre dans son genre, et
» qui a porté l'art de bien se nourrir jusqu'où il pouvait
» aller. On ne reverra plus un homme qui mange tant
» et qui mange si bien : aussi est-il l'arbitre des bons
» morceaux; et il n'est guère permis d'avoir du goût
» pour ce qu'il désapprouve. Mais il n'est plus; il s'est
» fait du moins porter à table jusqu'au dernier soupir : il
» donnait à manger le jour qu'il est mort. Quelque part
» où il soit, il mange, et s'il revient au monde, c'est pour
» manger (1). »

» Comment espérer de ramener à la raison un homme
semblable à celui-là? Quels sentiments affectueux, élevés,
dignes d'un être qui se respecte, peut-on attendre d'un
individu qui croit que Dieu ne l'a créé que pour manger?
Hélas ! il ne faut pas s'abuser; cet homme est enveloppé
dans son égoïsme comme dans un réseau, et la misère
ou le bonheur des autres ne saurait l'affecter : il a mangé,
il mange, il mangera. Toute son existence est là; ne lui
demandez rien autre chose. Heureux encore s'il ne devient
pas *glouton*, et s'il ne ressemble pas à celui dont parle
Addisson !

« Ne prendrait-on pas pour un chien affamé ce con-

(1) La Bruyère, *Caractères*.

» vive qui, dans un même repas, dévore de la volaille,
» du gibier, du bœuf, du poisson; qui avale de l'huile,
» du vinaigre, du sel, des épices; qui boit du vin, de
» l'eau, des liqueurs, du café, et dont l'estomac complai-
» sant engloutit une salade composée de vingt différentes
» sortes d'herbes; des sauces formées de mille ingré-
» dients; des confitures, des pâtisseries, des fruits? Quel
» effet doit produire dans les intestins tout ce mélange
» de substances diverses! Quand je regarde une table cou-
» verte de plats, il me semble voir la goutte cachée der-
» rière un aloyau; l'hydropisie se glissant entre deux
» côtelettes; la sciatique au milieu des rognons au vin
» de Champagne; la fièvre dans le fond d'un pâté, et le
» cortége des maladies en embuscade près de chaque
» plat. »

» Nous n'ajouterons aucune réflexion à ce qui précède :
nous craindrions d'en affaiblir les termes; nous dirons
seulement qu'un *glouton* se rapproche plus de la bête que
de l'homme.

» Parlons maintenant du *parasitisme*; on le retrouve
partout, et ce n'est pas un des moindres vices causés par
la gastronomie. Ce qu'il y a de particulier, c'est que,
bien que dans tous les temps il y ait eu des gens tenant
à dîner sans rien dépenser, ceux qui dans l'antiquité portèrent primitivement le nom de *parasites* étaient honorés
et méritaient de l'être.

» Ce mot, en grec, signifiait *inspecteur du blé*, et cet emploi fut donné d'abord à des prêtres qui surveillaient la
récolte dans les terres sacrées, et donnaient des repas dans
les temples.

» A Athènes, on les respecta pendant longtemps, et ils

16.

se plaçaient à côté des magistrats dans les réunions solennelles ; leur conduite était exemplaire. Mais leur présence continuelle dans les festins publics et privés les fit
tomber sous le mépris général, et ce mot de *parasite* est
devenu une injure sanglante, mais souvent méritée. Il y
en avait à gages et d'autres qui allaient dans les maisons
sans y être invités, et d'où on les chassait quelquefois.
Aristophane les représentait avec une houlette, une bouteille et une étrille..... »

— J'y suis ! j'y suis, s'écria tout à coup M. Brillant
qui, complétement absorbé par de graves méditations,
n'avait pas entendu les derniers mots que venait de pro-
noncer Tristan. Quel bien, reprit-il en déclamant :

> Quel bien. est solide aujourd'hui ?
> Le plus sûr est celui qu'on mange.....

— Ah ! pardon, monsieur, ajouta-t-il en s'adressant au
misanthrope, je croyais que vous aviez terminé votre lecture, et je me disposais à vous réciter mes vers...

— Pas encore, répondit Tristan ; il me reste quelques
pages à lire :

« A Rome, les *parasites* perdirent toute pudeur, et sous
Auguste on en compta plus de quarante mille. C'étaient
de vils bouffons, servant de risée à ceux qui les payaient
ou leur donnaient à dîner. On les appelait *musca* (mou-
ches) par analogie avec l'insecte aîlé qu'on rencontre partout. En général, les *parasites* étaient de mauvais avo-
cats, de pitoyables rimeurs ou des clients officieux qu'on
endurait à table parce qu'on les employait à toute espèce
de corvées ou à des rôles peu honorables.

» A cette époque de la décadence, on en comptait trois

classes principales : les *derisores*, les *adulatores* et les *plagipatidi*.

» Les *derisores* se moquaient de tout le monde, et l'on peut les comparer aux *fous* des rois de France. Ayant la prétention de connaître les nouvelles avant les autres, ils les débitaient avec impertinence. « Ils savent, disait Plaute, ce que Jupiter a dit en secret à Junon. » Mais, avant tout, ils possédaient *l'art de boire, de manger et de dire ce qu'il faut pour obtenir ces deux avantages*. C'était aussi ce que connaissaient parfaitement les *adulatores*, qui, pour qu'on les invitât à dîner, auraient flatté les plus grands ennemis du genre humain.

» Il nous reste à parler des *plagipatidi* ou *souffre-douleurs;* on leur donnait aussi le nom de *laconici*, en souvenir de la fermeté que les Laconiens mettaient à supporter les douleurs les plus vives. Ces derniers parasites étaient de pauvres gens que la misère condamnait à devenir le jouet des riches Romains qui les faisaient venir chez eux pour égayer les convives. On ne leur donnait à manger que des viandes gâtées, et à boire que du vin aigre. Et, lorsque les débauchés étaient ivres, ils s'amusaient à casser la vaisselle sur la tête de ces *souffre-douleurs*. Nous n'avons pas besoin d'ajouter que ceux qui agissaient ainsi étaient plus méprisables que les infortunés forcés par la nécessité à endurer cet opprobre.

» Si de l'antiquité nous passons au XVIIᵉ siècle, nous verrons qu'en France les *parasites* étaient nombreux, et qu'ils se recrutaient parmi les beaux esprits du temps. Les écrivains n'ayant, lorsqu'ils étaient pauvres, d'autre appui que la protection des grands seigneurs, donnaient alors

une triste idée de la dignité que devrait toujours conserver l'homme de lettres.

» Maintenant, les *parasites* se rencontrent partout ; aussi
bien à la table du pauvre qu'à celle du riche gastronome.
Il faut être assez bon observateur pour les reconnaître ;
mais ils se trahissent souvent eux-mêmes : on les nomme
pique-assiettes. »

A ce moment, tous les yeux étaient fixés sur M. Brillant qui, nous devons l'avouer, paraissait décidément
avoir compris la leçon qu'on voulait lui donner. Tristan
continua :

«Pour remédier à la *gourmandise,* à la *gloutonnerie* et au
parasitisme, ou plutôt pour en préserver les générations
qui nous suivront, je ne crois pas qu'il y ait de moyen
plus efficace que de prouver par des exemples les avantages de la *sobriété.* Nous croyons qu'entre un ascétisme
auquel quelques individus peuvent seuls atteindre, et la
gastronomie qui de nos jours prend des proportions
considérables, on peut tirer quelques exemples bons à
connaître et à suivre.

» Il n'est pas un philosophe, même Épicure, qui n'ait
enseigné à ses disciples que la sobriété faisait partie de la
sagesse et en était le prélude. Théophraste disait qu'en
mangeant beaucoup, on affaiblissait sa raison, on appe-
santissait son esprit et qu'on contractait une sorte d'im-
bécillité. Aristote plaçait l'intempérance au nombre des
plus grands excès. Tous les philosophes socratiques ont
recommandé la sobriété. Platon ne croyait pas qu'il y eût
pour l'épuration des mœurs quelque chose à espérer de la
Sicile tant qu'on y ferait d'aussi grands repas. Tous ceux
qui ont commenté Pythagore ont supposé qu'il ne recom-

mandait l'abstinence qu'afin de rendre les hommes justes et désintéressés. »

Un mouvement inusité que l'orateur crut remarquer dans son auditoire, lui fit penser que nos gastronomes n'étaient pas très satisfaits de ce discours, dans lequel ils voyaient, avec raison, une satire de leurs pensées et de leurs actions. M. Grimardias s'agitait beaucoup et regrettait plus que jamais d'avoir oublié son portefeuille. M. Martin, au contraire, se croyait au sermon, et il ressentait une somnolence qu'il combattait de toutes ses forces. Quant à M. Patelin et au docteur, ils souriaient sous cape, et s'amusaient du silence auquel se trouvaient condamnés les autres convives. Pour M. Brillant, il continuait à boire et à improviser mentalement quelques vers, et Tapagini rongeait ses ongles d'un air de mauvaise humeur qui ne présageait rien de bon.

— Messieurs, reprit Tristan, je n'ai plus que quelques pages à lire ; mais comme je sais qu'elles ne vous plairont pas davantage que les premières, je serais d'avis de m'en tenir là. M. Brillant veut-il me remplacer ?

— Non, non, répondit le docteur, lisez, lisez tout ; vous allez bientôt nous quitter, et je tiens à connaître votre doctrine, ne fût-ce que pour la combattre.

— Soit, reprit Tristan ; en tout cas, je ne lirai plus qu'une citation empruntée à un homme remarquable. Celui-là n'eut pas à se repentir d'avoir abandonné une existence semblable à celle que vous menez, et que vous voudriez voir mener à tout le monde. Je vous demande pardon à l'avance des expressions qui s'y trouvent, et que j'ai textuellement copiées :

« Je me trouvais si souvent en débauche, que mon tem-

pérament délicat ne put en soutenir les fatigues. Je devins
sujet à plusieurs maladies. J'avais presque toujours une
fièvre lente et une altération insupportable. Cet état faisait désespérer de ma guérison ; et véritablement, quoique je ne fusse âgé que de trente-cinq à quarante ans,
je ne croyais trouver la fin de mes maux, que dans celle
de ma vie.

» Celui qui parlait ainsi se nommait Cornaro ; il mourut
en 1566, étant âgé de plus de cent ans, après avoir écrit
un excellent livre sur la sobriété, et s'être contenté, dans
la seconde partie de sa vie, de quatorze onces de liquide
et de solide pour sa nourriture de chaque jour. Aussi,
écrivit-il, quand il se sentit renaître à l'existence :

« O sainte et heureuse vie réglée ! que tu es digne d'estime !... Ton nom seul devrait suffire pour t'attirer la préférence que tu mérites ! Les syllabes qui composent *sobriété*
n'ont-elles pas, en effet, une signification, un son plus
agréables que *gourmandise?* Quant à moi, j'y trouve autant
de différence qu'entre les noms d'*ange* et de *diable* (1). »

Cette citation, messieurs, servira de conclusion à mon
discours. Je ne saurais, assurément, en choisir de meilleure, mais cependant il me sera permis d'ajouter un
axiome que votre sagesse, je l'espère, ne désavouera pas.
Cet axiome, le voici :

« La *gourmandise* flétrit l'âme et tue le corps ; la *sobriété* élève l'une et fortifie l'autre. Que tout homme doué
de raison choisisse entre les deux. »

— J'ai fini, messieurs, ajouta Tristan, et je vous re-

_____

(1) *Traité de la vie sobre*, par Louis Cornaro. L'éditeur de ce livre
va publier très prochainement une nouvelle édition de cet excellent
ouvrage. Voir le catalogue à la fin du volume.

mercie tous de votre bienveillance ; j'avouerai même que
M. Grimardias a été plus sage que moi en pareille circonstance, et je lui en sais un gré infini.

— Vous connaissez mes principes, répondit le savant,
j'ai jugé convenable de ne pas recommencer ce soir une
discussion qui serait inutile. Et, en disant ces mots,
M. Grimardias fouillait machinalement dans ses poches.

— Nous n'avons plus que peu d'instants à rester ensemble, reprit le misanthrope : je prierai donc M. Brillant
de nous lire quelques fragments de son poëme. Nous ne
saurions mieux terminer notre soirée.

Cette fois, il était difficile au parasite de reculer, et
quoique pendant les deux heures qui venaient de s'écouler
il n'eût pu composer que quatre vers, il se leva hardiment, et, d'une voix grave et fortement accentuée, il récita ce qui suit :

> *Descends du haut des cieux, douce Tranquillité,*
> *Répands sur mes écrits ta force et ta bonté ;*
> *Que l'oreille au méchant tinte comme une cloche ;*
> *Et qu'en grinçant des dents il tremble à ton approche.*
> *Que... que... qui... qui... que... que...*

Le reste s'arrêta dans son gosier, et il lui fut impossible d'en dire davantage. On attendit, mais ce fut
en vain.

— Permettez, monsieur, dit alors Tapagini, mais il
me semble que c'est *la Henriade* que vous venez de
réciter.

— Avec quelques petites variations, reprit en souriant
M. Grimardias.

— Ma foi, messieurs, je préfère le texte même, ajouta
le docteur.

Le parasite, rouge comme une cerise, ne savait que devenir. Il eut beau vider son verre, chercher à improviser d'autres rimes, recommencer ce qu'il avait dit, il ne put aller au delà, et se vit forcé de se rasseoir au milieu des rires moqueurs des gastronomes.

— Soyez indulgents, messieurs, je n'ai pas de mémoire, dit-il d'un air contrit, et j'aurais dû certainement apporter un exemplaire imprimé de mon poëme. Si vous le désirez, je ne demeure pas loin, je puis aller le chercher.

— Ce n'est pas la peine, reprit Tapagini ; mais avouez qu'il est désagréable de ne pas se souvenir de ses propres œuvres.

— Monsieur, reprit le lauréat d'un ton colère, cet accident peut arriver à tout le monde.

— Oh ! je ne me plains pas, fit le musicien ; je crois d'ailleurs que nous ne perdons pas beaucoup.

— Vous êtes un impertinent.

— Et vous un pique-assiette...

— Messieurs, messieurs, s'écria le rentier, calmez-vous ; nous sommes des gens paisibles, respectez la maison où vous êtes.

Ces sages exhortations ne furent pas écoutées, et Tapagini, que le diable en personne n'eût pu dompter en ce moment, ajouta ces malheureuses paroles :

— Oui, je le répète, M. Brillant n'a jamais écrit de poëme de sa vie, et son ode à M. Grimardias n'était qu'un mensonge. Cela fait partie de ses procédés pour aller dîner en ville ; cet homme n'est qu'un pique-assiette.

— Vous m'en rendrez raison, fit en tremblant le parasite.

— Monsieur, quand il vous plaira, répondit Tapagini. Vos armes?...

M. Brillant pâlit.

— Vos armes? répéta le musicien d'un ton furieux, l'épée? le pistolet? choisissez...

Tous les gastronomes se levèrent et entourèrent Tapagini, qui était arrivé au paroxisme de la colère. M. Martin seul restait près de M. Brillant. Après quelques explications, Tristan emmena le musicien dans un coin de la salle, et lui dit d'un ton sévère.

— Voyons, cessez cette plaisanterie. Si vous abusiez de votre adresse ou de votre force, si vous tuiez ou si seulement vous blessiez cet homme, je vous détesterais, et j'aurais d'éternels remords, car j'en serais la cause. Je sais très bien que M. Brillant n'est qu'un parasite, je sais qu'il n'a jamais composé de poëme, et je ne l'ai invité à dîner que pour en avoir la preuve.

— Mais il m'a insulté...

— C'est-à-dire que vous l'avez provoqué.

— Vous avez raison Tristan, répliqua le musicien. Eh bien, tenez, pour vous montrer, qu'à défaut d'autres qualités j'ai du cœur, arrangez cette affaire-là comme vous l'entendrez. Je lui ai fait peur, et cela me suffit; quoi qu'il arrive, je ne me battrai pas avec lui, je vous le promets; mais, je vous en prie, laissez-moi compléter la leçon que vous vouliez donner à ce misérable.

Tous les gastronomes se réunirent autour de Tristan et de Tapagini; celui-ci dit au parasite.

— Monsieur, choisissez vos témoins; pour moi je prends MM. Tristan et Maigret.

— Et moi, dit douloureusement le soi-disant auteur

17

de l'*Homme tranquille*, je choisis MM. Martin et Grimardias.

Ces deux derniers se récrièrent vainement ; l'affaire
paraissait trop grave pour qu'ils pussent se récuser.

Émus par cette scène, nos gastronomes se séparèrent
et rentrèrent chez eux en proie à de sombres pensées.
M. Brillant était encore plus inquiet qu'eux tous. « Si je
puis me retirer de cette maudite affaire, pensa-t-il, j'accepterai toujours à dîner lorsqu'on m'y invitera poliment;
mais désormais je renonce à parler de mon poëme... j'ai
eu pourtant l'intention de l'écrire, car j'en ai quelques
vers dans mes tiroirs. »

Quand Tristan se trouva seul, il se mit à réfléchir sur
ce qui venait de se passer : « Si les hommes, se dit-il,
pouvaient prévoir ce qu'un vice entraîne après lui de
tourments et de regrets, ils ne se laisseraient jamais dominer par lui. On souffre souvent pour défendre la justice et
la vérité, mais il reste au moins la conscience pour refuge
consolateur. »

CHAPITRE SIXIÈME.

La Saint-Nicolas.

Ainsi qu'il l'avait promis à Tristan, Tapagini accepta les excuses que MM. Martin et Grimardias lui présentèrent le lendemain au nom du parasite, et de son côté le musicien en fit faire aussi par ses deux témoins. Poussant même la grandeur d'âme jusqu'à l'héroïsme, et voulant prouver qu'il ne conservait pas de rancune, Tapagini tint à opérer la réconciliation en invitant tous nos gourmands à déjeuner. Il désirait que ce repas eût lieu immédiatement, mais les répétitions de son opéra y mirent obstacle; la partie fut donc remise à la *Saint-Nicolas*.

Mais, comme dit le proverbe, l'homme propose et Dieu dispose. Le malheur voulut que, poursuivi avec plus de persévérance que jamais par ses créanciers, le musicien ne pût donner ce repas chez lui. Notre maëstro n'avait pas précisément de logement fixe, et il couchait tantôt chez un ami, tantôt chez l'autre. Force lui fut donc d'inviter ses convives à venir chez le restaurateur. Tous s'y trouvèrent, sauf Tristan qui, depuis quelques jours, avait quitté la France après avoir écrit au docteur :

« Cher ami,

» Je ne sais si je vous reverrai, mais je ne veux pas
partir sans vous dire adieu. Je vais vivre au milieu d'hommes qui ignorent, il est vrai, ce qu'on appelle la civilisa-
tion, mais qui n'en ont pas les vices. J'étouffe dans nos
grandes cités, j'ai besoin de respirer un air plus pur, et
le calme des forêts apaisera peut-être l'agitation de mon
âme. Pensez quelquefois à moi, et tout en souhaitant que
vous abandonniez vos erreurs, croyez que je n'oublierai
pas votre caractère généreux.

» Présentez mes adieux à vos amis, et surtout à M. Tapagini. Cet homme est doué d'un excellent naturel, et il
est fâcheux qu'il n'ait eu pour guide que les convives du
Banquet des sept Gourmands.

« Adieu. »

Quand nos gastronomes arrivèrent chez le restaurateur
qui leur avait été désigné, ils trouvèrent Tapagini plus
préoccupé que d'habitude. Le bon M. Martin s'approcha
de lui, et sur ses questions, le musicien ne put dissimuler
que ses créanciers étaient de nouveau décidés à l'envoyer
à Clichy. Mais heureusement pour tous ses invités, l'excellent déjeuner qu'il avait commandé le remit bientôt en
bonne humeur.

M. Brillant, après avoir, au grand contentement du
rentier, serré la main à son adversaire, se mit à table, et
nous devons dire que sa réserve et sa contenance modeste,
lui firent pardonner toutes ses inconvenances passées. Il
se contenta de manger sans dire un mot.

On apporta des *huîtres vertes* qui procurèrent une fois
de plus à M. Grimardias l'occasion d'étaler sa vaste érudition.

— Les *huîtres*, dit-il, étaient connues des anciens, mais elles étaient rares, et conséquemment recherchées. Macrobe affirme cependant qu'on en servait aux repas des pontifes. Ce qu'il y a de curieux aussi, c'est que lorsque Trajan faisait la guerre soit aux Parthes, soit aux Juifs de la Cyrénaïque, Apicius lui envoyait des *huîtres*.

— Il est bien agréable maintenant, dit le rentier, de pouvoir, grâce aux chemins de fer, les conserver dans l'eau de mer.

— Les Romains, reprit M. Grimardias, connaissaient le procédé pour les obtenir vivantes; et l'on peut citer comme de grands amateurs d'*huîtres*, Horace, Pline et Cicéron. Ce dernier en mangeait, dit-on, trois cents douzaines par jour.

— Oh! cela ne se peut, dit l'avocat, Crébillon fils, le plus grand amateur du xviiie siècle, ne pouvait en manger plus de cent douzaines.

— Ces illustres personnages, ajouta le docteur, partageaient assurément cette opinion de Montaigne : « Être sujet à la colique ou se priver de manger des *huîtres*, ce sont deux maux pour un ; puisqu'il faut choisir entre les deux, hasardons quelque chose à la suite du plaisir. »

— En France, reprit le savant, ce sont les *huîtres vertes* qui sont le plus estimées. Pour leur donner cette couleur, on creuse des fosses nommées parcs, où l'eau de la mer ne vient qu'aux marées de la nouvelle ou de la pleine lune; en sorte que dans l'intervalle, l'eau des parcs se verdit par les plantes qui y croissent et y séjournent. Les *huîtres* d'Espagne ont une chair rouge, et celles de Dalmatie ont la chair brune et noire.

On servit à ce moment un *homard* que chacun admira.

M. Martin, qui paraissait avoir un appétit de *polyphage*, mangeait avec une promptitude qui effrayait ses amis.

— Prenez garde, lui dit tout bas le docteur, la chair du *homard* est difficile à digérer.

— Oh ! répondit M. Martin, ce qu'on mange avec plaisir se digère facilement ; et sans écouter son ami, il reprit du *homard*, en disant tout haut :

— Est-il vrai, docteur, que dans les mers des Indes et en Norwége, on trouve des *homards* de quarante pieds de long et de six de large ?

—Non, répondit M. Maigret ; des savants ont écrit cela, mais c'est une pure exagération. J'en ai mangé qui...

La phrase du docteur fut interrompue par une *dinde truffée* qui succéda au *homard ;* et pour justifier cet axiome du Code gourmand : « Toute phrase commencée doit être suspendue à l'arrivée d'une *dinde aux truffes,* » le silence régna parmi les gastronomes. Les chefs-d'œuvre de l'art, la musique la plus mélodieuse, l'événement le plus heureux ou le plus néfaste, rien n'eût pu les distraire de cette contemplation ; leurs facultés, leur âme, leur corps, l'univers entier était pour eux, en ce moment, concentré dans la *dinde aux truffes* qu'on venait d'apporter. Comme avant-goût du bonheur qu'il allait éprouver, M. Martin faisait légèrement claquer sa langue ; M. Brillant oubliait ses vicissitudes du précédent dîner, et Tapagini ne pensait plus aux créanciers qui voulaient décidément lui donner une retraite à Clichy. Quant à M. Grimardias, il se demandait s'il traiterait d'abord la question de la *truffe* ou celle du *dindon.* Après de sérieuses réflexions, il s'arrêta à ce dernier.

— L'origine des *dindons* est assez obscure, dit-il ;

cependant on croit que ce fut Méléagre, roi de Macédoine, qui les apporta en Grèce. On ajoute même que par
reconnaissance, ses sujets appelèrent les *dindons*, *mé-
léagrides*. Quoi qu'il en soit, ils étaient connus à Rome,
puisque Caligula ordonna d'immoler de ces oiseaux devant
sa statue. Ils étaient rares en Italie, et bien que Jacques
Cœur eût envoyé de l'Inde même, les premiers *coqs d'Inde*
qu'on ait vus en France, on regardait à Rome comme une
chose précieuse, deux *dindons* que le cardinal Clément
conservait dans une volière.

— C'est étonnant, répondit M. Martin, j'ai toujours entendu dire que nous devions les *dindons* aux Jésuites.

— Cette erreur a subsisté longtemps, reprit M. Grimardias, mais aujourd'hui il est prouvé que nous les devons à l'ancien argentier de Charles VII, et que c'est
Améric Vespuce qui fit, en 1504, connaître les *dindons*
aux Portugais. Je crois que j'ai dans ma poche une note à
ce sujet.

Le savant se fouilla, étala ses notes sur la table, absolument comme une nécromancienne qui prépare le grand
jeu, et quelques instants après, il continua :

— Voici, messieurs, ce que j'ai pu trouver de curieux
sur les *dindons :* « Le premier fut mangé en 1570 aux
noces de Charles IX...

— Je crois que c'est une erreur, objecta M. Patelin, car
on assure que l'introduction des *dindons* en France est due
à Philippe Chabot, amiral sous François Ier, et qui mourut
en 1543. De plus, on lit dans les chroniques du temps, que
Charles IX passa à Amiens en 1566, et que parmi les pré-
sents qui lui furent offerts par les bourgeois de cette ville,
il se trouvait douze *dindons*.

—On a pu offrir de ces oiseaux à Charles IX en 1566, reprit le savant; cela n'empêche pas qu'il n'en ait mangé qu'en 1570. Je continue : « Mais ces élèves des Jésuites étaient connus en Angleterre sous Henri VIII, qui en fit venir en 1525...

—Votre auteur est en contradiction avec ce que vous avez dit précédemment, répondit M. Martin. Je savais bien, moi, que c'était aux Jésuites que nous devions les *dindons.*

—Messieurs, reprit le savant un peu embarrassé par cette remarque, je n'ai pas dit que je prenais la responsabilité des opinions de l'auteur que je cite ; c'est un document à consulter, et voilà tout. Je n'ai plus que trois lignes à lire : « Les *dindons* sont indigènes dans le pays des Illinois ; on les trouve jusqu'à l'isthme de Panama. Les *dindons* sauvages sont beaucoup plus gros que les nôtres. Bartram, voyageur américain, en a vu dont la tête était à plus de trois pieds de terre, et pesaient trente, quarante, et jusqu'à soixante livres. »

— Quinze, vingt et trente kilogrammes, exclama M. Martin, ce devaient être des bêtes magnifiques !

— Je vous demande pardon de mon ignorance, dit Tapagini, mais j'avouerai que je n'ai pu retenir la date précise à laquelle les *dindons* sont entrés en France. Je ne puis me souvenir que des anecdotes, et si vous le permettez, je vais vous en raconter une qui se rapporte à notre sujet : On avait promis depuis longtemps à Rossini une invitation à dîner, en lui annonçant une *dinde truffée.* Un jour, le maëstro rencontre celui qui lui avait fait cette promesse, et la lui rappelle. — Mais, répond le prometteur, on dit que les *truffes* ne sont pas bonnes cette année. --

Allons donc, dit Rossini, ce sont les *dindons* qui ont répandu ce bruit-là.

Pendant ce dialogue, M. Martin et M. Brillant auraient dévoré la *dinde* entière, s'ils l'eussent osé.

— Comment viennent les *truffes*, demanda tout à coup le rentier qui ne cessait de manger comme un glouton ?

Cette question combla de joie M. Grimardias, mais voyant que le docteur allait répondre, il fouilla vivement dans son portefeuille, et lut ce qui suit :

« Les *truffes* sont en terre depuis quelques pouces jusqu'à plusieurs pieds de profondeur, jamais à l'extérieur ; rien n'indique à la surface de la terre s'il y en a dessous. Le paysan fouilleur ou extracteur marche dans la campagne au hasard çà et là, indispensablement accompagné d'un chien, plus communément et plus heureusement d'un pourceau ; il se laisse guider par cet animal, ou plutôt suit attentivement toutes les directions qu'il prend, selon son instinct et la pleine liberté dont il jouit. Attiré par l'odorat, il se dirige bientôt vers les divers endroits qui recèlent des *truffes*. Arrivé au lieu où il en existe, l'animal fouille aussitôt la terre; son conducteur le laisse opérer jusqu'à ce qu'il fasse paraître quelques *truffes*, ou qu'il lui en voie manger ; aussitôt il éconduit son animal découvreur, mais fort souvent il n'y réussit qu'à force de coups de bâton, car le cochon est tenace par voracité pour la *truffe*, qu'il aime beaucoup, et en place de laquelle il est alors forcé de se contenter d'une poignée de glands (1). »

— Ceci prouve l'ingratitude des hommes, dit M. Martin, car il me semble que l'on pourrait bien donner quelques

_____

(1) *De la truffe*, par MM. Moinier.

truffes à ce pauvre animal pour le récompenser de ses peines.

— J'ajouterai, reprit le docteur, qui tenait à placer son mot, que les *truffes* viennent naturellement, qu'elles se reproduisent sans avoir été ni ensemencées ni plantées, et que les meilleures ne se trouvent que dans nos départements méridionaux. La Corrèze, la Gironde, la Dordogne, en produisent beaucoup, mais les plus estimées de toutes sont celles du Périgord, et je ne crois pas me tromper en affirmant que celles que nous mangeons viennent de ce pays. Pour me résumer, je terminerai en disant que la *truffe* a existé de tous temps, aussi bien aux époques les plus reculées qu'en ce moment même.

— Il est heureux, poursuivit à son tour M. Grimardias, qu'il ne soit arrivé à aucun de nous l'accident qui affligea jadis Lucius Licinius, gouverneur d'Espagne. Un jour, il mord dans une *truffe,* y trouve de la résistance, et se casse une dent; un denier romain se trouvait renfermé dans le tubercule, et avait causé ce malheur.

Nos gourmands qui doutaient beaucoup de l'authenticité de l'anecdote, se remirent à manger, et au bout de quelques instants il ne restait plus rien de la *dinde truffée.*

— Messieurs, dit tout à coup M. Patelin, je me vois forcé de me retirer, : je plaide aujourd'hui à deux heures pour un homme qui est accusé d'avoir fabriqué du vinaigre avec de l'eau et de l'acide sulfurique. Je n'ai pas besoin de vous dire que je regrette de vous quitter sitôt, mais mon devoir m'y oblige.

— Au revoir, lui dirent les gourmands; et M Grimardias ajouta en lui serrant la main :

— Vérifiez donc vos dates sur l'introduction des *dindons* en France; je crois vraiment que vous êtes dans l'erreur.

Tapagini sortit pour accompagner M. Patelin, et au moment où ses amis attendaient le retour du compositeur, on entendit du bruit dans la rue. Ils sortirent tous, sauf M. Martin qui se sentait indisposé.

Un affreux spectacle s'offrit à leurs yeux.

Tapagini était entre deux solides gaillards qui lui disaient :

— Ah! ah! mon cher monsieur, voilà bien longtemps que nous courons après vous; nous vous tenons enfin, et cette fois nous ne vous lâcherons pas.

— Pour l'amour de Dieu, laissez-moi, répondait le pauvre Tapagini.

— Non, notre devoir est de vous emmener; nous avons des ordres.

— Mais au moins laissez-moi déjeuner; j'ai là des amis qui m'attendent. Tenez, ajoutait le pauvre musicien, je vous donne ma parole qu'aussitôt que nous aurons terminé, je me rendrai de moi-même à Clichy... je connais le chemin...

— Non; vous nous échapperiez encore; allons, il faut nous suivre.

— Eh bien! reprit Tapagini, venez déjeuner avec nous; du moins vous serez sûrs de me tenir; c'est l'affaire d'une demi-heure, d'une heure tout au plus.

— Non, c'est impossible.

Et malgré tout, en dépit de ses supplications et de celles de MM. Grimardias et Brillant, les deux recors emmenèrent le musicien à la prison pour dettes.

Quand le savant et le parasite rentrèrent chez le restaurateur, ils assistèrent à une scène encore plus douloureuse :

Le rentier souffrait horriblement ; il était presque entièrement suffoqué. Sa respiration pénible, son visage violacé, tout annonçait une maladie dangereuse.

— Qu'en pensez-vous ? disait M. Grimardias au docteur.

— Je pense qu'il a une indigestion ; il a trop mangé de *homard* et de *truffes*.

— Il me semblait que, d'après votre doctrine, on ne mangeait jamais trop, fit le savant !

— Oui, en thèse générale ; mais il y a des exceptions, et je crains fort que notre pauvre ami...

On alla chercher une voiture, et le docteur emmena M. Martin.

M. Grimardias et M. Brillant restèrent seuls chez le restaurateur. Après quelques instants de silence, le savant dit au lauréat en parlant du rentier :

— Il n'a pourtant pas autant mangé que Soliman Ier, qui, en 1617, faisant un pèlerinage à la Mecque, s'arrêta dans une maison près de Taïef, et y mangea soixante-dix grenades, un chevreau, six poules et une énorme quantité de raisins secs. Il en mourut immédiatement, dit-on.

— Je le crois sans peine, répondit M. Brillant.

Pendant que le savant remettait dans sa poche les notes qu'il avait laissées sur la table, un garçon de service entra et remit la carte de la dépense à M. Brillant qui, de suite, la présenta à M. Grimardias. L'avare et le parasite eussent été mordus par un chien ou piqués par une vipère, que leur physionomie n'eût pas mieux exprimé la souffrance.

— Mais, dit M. Brillant au garçon qui attendait le

paiement de la dépense, c'est M. Tapagini qui nous a invités, adressez-vous à lui.

— Messieurs, répondit le garçon, nous ne vous connaissons ni les uns ni les autres; vous restez les deux derniers; vous paierez la somme de cent vingt francs.

— Cent vingt francs! exclama le savant. Je vais parler à votre chef.

— C'est inutile, fit le garçon, l'addition est faite, la voici, payez-la?

— Mais encore... Il me semble que...

— Eh bien soit, monsieur, venez au comptoir.

M. Grimardias avait bien envie de déployer sa vaste érudition, mais pour la première fois il douta de son utilité, et n'ayant dès lors rien de mieux à faire, il descendit pour s'expliquer avec le maître de la maison. La discussion fut orageuse, mais dans cette occurrence que vouliez-vous que fît le savant? Comme un renard pris au piége, il baissa la tête, ouvrit sa bourse et paya.

— Nous en avons pour soixante francs chacun, mon pauvre monsieur Brillant, s'écria-t-il en remontant au salon.... mais à peine avait-il prononcé ces mots, qu'une sueur froide lui passa sur le visage. Ses yeux, en se portant sur la table du banquet, l'avaient vue déserte... En vain M. Grimardias chercha-t-il le parasite, en vain grossi-t-il sa voix pour s'en faire entendre, et remua-t-il ses notes pour lui toucher le cœur, tout fut inutile,... le misérable avait disparu.

Nous renonçons à peindre la mauvaise humeur, la rage du savant lorsqu'il fallut qu'il payât la totalité de la dépense. Un joueur qui vient de perdre son dernier écu, n'aurait été près de lui qu'un ange de douceur et de résignation.

Mais laissons M. Grimardias maugréer à son aise, et tâchons de connaître maintenant la fin de cette véridique histoire.

M. Martin mourut des suites de son indigestion, et peut-être aussi grâce aux soins du docteur, qui lui permit de manger plus tôt qu'il ne l'eût fallu. Le médecin ayant agi selon sa conscience, nous plaindrons le rentier sans nous permettre de blâmer M. Maigret.

Pour honorer la mémoire de son ami, et se consoler un peu de la carte qu'il avait payée, M. Grimardias composa quatre épitaphes qu'on peut lire sur la tombe de cet estimable M. Martin. En voici le texte.

Au nord :

Sta, viator, gulosum illustrissimum calcas.

« Arrête, passant, tu foules aux pieds un héros de la gourmandise. »

Au midi :

Ci-gît Martin, mangeur insatiable,
De plus, intrépide buveur.
Il a fini ses jours au champ d'honneur :
On l'a trouvé mort sous la table.

Au levant :

Il se mettait à table au lever de l'aurore,
L'aurore, en revenant, l'y retrouvait encore.

Au couchant :

> Ci-gît un gros gourmand, qui, n'ayant nul souci,
> Jouant, buvant, aimant et la brune et la blonde,
> Incertain d'obtenir les biens de l'autre monde,
> Jouissait prudemment des biens de celui-ci.

Quoique nous doutions beaucoup que ces épitaphes puissent être attribuées à la muse de M. Grimardias, et que nous nous rappelions son aversion pour la poésie, nous ne critiquerons pas cet hommage rendu à une victime de la gastronomie. Nous dirons seulement que si nous eussions été chargé de la rédaction de l'éloge funèbre de M. Martin, nous aurions écrit tout simplement sur le mausolée de cet excellent homme, les deux vers que nous avons lus récemment sur le tombeau d'un Apicius moderne :

> Ci-gît monsieur Martin, grand ennemi des livres ;
> Il vécut soixante ans et pesa deux cents livres.

Mais revenons à notre histoire.

La mort du rentier jeta la consternation parmi nos gourmands. Ce triste événement ne fut pas le seul qui vint frapper et disperser ces fervents adorateurs du dieu de la table. Le départ de Tristan, l'arrestation de Tapagini, qui resta trois ans à la prison pour dettes, la disparition subite de M. Brillant, que personne ne revit plus, contribuèrent à rendre impossible la réunion des gastronomes. Quelqu'un qui les connaissait tous, nous a donné sur chacun d'eux les détails suivants :

A la suite d'un incendie qui a dévoré toutes ses notes et tous ses manuscrits, M. Grimardias est devenu fou. Il s'imagine être le cuisinier du grand kan de Tartarie, et comme les juifs attendent le Messie, il attend chaque jour un éditeur pour son grand ouvrage sur l'*Alimentation des hommes avant le déluge*. La famille de notre savant n'espère pas qu'il puisse recouvrer la raison.

De plus en plus irrité contre la doctrine d'Hahnemann, M. Maigret ne prescrit plus aucun médicament : il porte toujours sur lui une longue nomenclature de mets qui doivent, à l'en croire, guérir radicalement toutes les maladies. Ainsi, pour les fluxions de poitrine il ordonne des fraises à la crème et des potages à la purée de lentilles; pour les gastrites il veut que l'on mange des langoustes, des andouillettes et des pâtés de foie gras. On craint aussi pour ses facultés intellectuelles ; mais si son esprit est affaibli, son cœur est resté le même.

Depuis la mort du rentier, M. Patelin, dont la clientèle grandit chaque jour, a renoncé à dîner en ville ou chez le restaurateur ; il achète et prépare lui-même ses aliments ; et loin d'adopter l'étrange doctrine de son ami le docteur Maigret, il lit et relit sans cesse le beau livre de Cornaro sur *la vie sobre*.

A sa sortie de prison, Tapagini n'a pu trouver d'autre emploi que celui de timbalier dans l'orchestre d'un théâtre des boulevards. Il continue toujours à posséder une très nombreuse série de créanciers, et se promet de corriger exemplairement le parasite dès qu'il le rencontrera.

Comme la vertu trouve toujours sa récompense dans ce monde, ce dernier a obtenu un bureau de tabac, et depuis son dîner chez Tristan, on ne l'a jamais entendu parler de son poëme de l'*Homme tranquille*. Quelquefois il regrette les excellents repas du *Banquet des sept Gourmands*, mais alors, pour se consoler de ce qui n'est plus, il se dit avec orgueil : « J'ai été bien souvent invité à dîner, mais je puis me rendre cette justice, c'est que je n'ai jamais invité personne. »

Quant à Tristan, voici la lettre qu'il a écrite au docteur :

« Mon cher ami,

» Je suis en ce moment chez les *Wahabys*, tribus arabes qui habitent tout le pays du Nedj ou Arabie centrale. Leur courage, leur frugalité, leur patience, me les font admirer chaque jour. C'est un peuple indomptable qui a soutenu une terrible guerre contre Méhémet-Ali.

» Les *Wahabys* sont loin de partager vos doctrines gastronomiques : ils ne vivent que de dattes, de farine d'orge et de poisson. Ils ne prennent ni café ni tabac, et sont si robustes, qu'en état de guerre ils n'emportent avec eux que deux outres : l'une remplie d'eau, l'autre de farine. Quand la faim les presse, ils mettent leur farine dans l'eau, la délaient et l'avalent. Assis par terre, les jambes croisées autour d'une peau ronde, c'est ainsi qu'ils prennent leurs repas. Ils sont tellement accoutumés à souffrir, qu'ils supportent la faim et la soif pendant des jours entiers.

» Je ne crois pas que je reverrai la vieille Europe. Ici, je n'ai aucune inquiétude, aucun tourment, et je commence à oublier mes douleurs passées. Je suis plus gai au milieu des Bédouins de l'Arabie centrale que je ne l'étais avec vos amis du *Banquet des sept Gourmands*. Le grand air, le calme, la fatigue même, ont mieux rétabli ma santé, que le fracas et le bruit de nos grandes villes.

« J'ignore si ma lettre vous parviendra, mais je ne doute

pas que vous ne pensiez à moi aussi souvent que je pense à vous. Au cas où vous me répondriez, donnez-moi des nouvelles de vos amis, et dites-moi si M. Tapagini est devenu plus raisonnable. »

La personne de laquelle nous tenons ces renseignements ajoutait : « Je ne partage pas plus la misanthropie de Tristan que les erreurs de M. Maigret et de ses anciens amis. Je voudrais que tous les hommes pussent manger lorsqu'ils ont faim, et boire lorsqu'ils ont soif, et je ne conseillerais à personne d'aller vivre avec les *Wahabys*. Je crois que la sobriété, qui n'est pas l'ascétisme, est plus salutaire au corps et à l'esprit que la pratique de la gastronomie. Enfin, je me résume en disant avec Franklin : « Ne mangez pas jusqu'à être appesanti ; ne buvez pas jusqu'à vous étourdir. »

Paucula non lædunt pocula, multa nocent (1).

(1) Voy. le joli volume déjà cité page 28.

FIN.

TABLE DES CHAPITRES.

LIBRAIRIE

DE

G. SANDRÉ,

RUE PERCÉE-SAINT-ANDRÉ-DES-ARTS, 11,

A PARIS.

(Extrait du Catalogue.)

N. B. Sur tous les articles précédés d'un astérisque *,
je ferai 14/10 — 150/100 assortis.

Histoire morale des femmes, par M. ERNEST LEGOUVÉ ,
1 vol. in-8. . . . . 6 fr.

Histoire de la Révolution de 1848, par DANIEL STERN,
3 vol. in-8. . . . . 18 fr.

Cours de dessin , par ANTOINE ETEX , 1 vol. in-4 , orné de
50 planches lithographiées. . . . . 30 fr.

Le MÊME, deuxième édition, grand in-8 sans les planches. . . . 4 fr.

* **Guide pour se marier devant l'état civil, à l'é-
glise et chez le notaire,** ou Instructions élémentaires sur le
contrat de mariage, par M. LOUIS NYER, avocat, un vol. in-12. 2 fr

* **Le Brahme voyageur,** ou la Sagesse populaire de toutes les
nations, par M. FERDINAND DENIS, cinquième édition, (couronné par
l'Académie française), 1 joli vol. in-32. . . . . 1 fr.

* **Instructions pour les domestiques,** ou Traité des devoirs des domestiques envers leurs maîtres, par l'abbé FLEURY, nouvelle
édition, revue par M. G. SANDRÉ, 1 joli vol. in-32. . . . . . 50 c.

* **Voyage dans les forêts de la Guyane française,**
par P.-V. MALOUET, ancien ministre de la marine, nouvelle édition,
revue par M. FERDINAND DENIS, 1 joli vol. in-32. . . . . . 60 c.

* **Jocko,** anecdote indienne, par CHARLES POUGENS, quatrième édition, un joli vol. in-32 . . . . 60 c.

* **Les Préceptes du mariage,** traduits du grec, de Plutarque, par M. le docteur SERAINE, deuxième édition, 1 joli vol. in-32. 60 c.

* **La Santé des petits enfants,** ou Avis aux Mères sur la conservation des enfants pendant la grossesse, et sur leur éducation physique jusqu'à l'âge de sept ans, par M. le docteur SERAINE, 1 joli vol. in-32. . . . . 1 fr.

* **Le Mérite des femmes,** par GABRIEL LEGOUVÉ, cinquantième édition, augmentée d'un chapitre extrait de l'*Histoire morale des femmes*, 1 joli vol. in-32 . . . . 60 c.

* **Histoire d'une épingle,** par le vicomte JOSEPH DE SÉGUR, 1 joli vol. in-32. . . . . 60 c.

* **Pourquoi les femmes sont-elles aimées?** par CADET DE VAUX, 1 joli vol. in-32. . . . . 60 c.

* **Il ne faut pas que les femmes sachent lire,** ou Projet d'une loi portant défense d'apprendre à lire aux femmes, par SYLVAIN MARÉCHAL, troisième édition revue et augmentée par M. G. Sandré, 1 joli vol. in-32. . . . . 60 c.

* **Le Citateur latin,** ou Choix de maximes, sentences et réflexions extraites des poëtes et des prosateurs de l'ancienne Rome, par M. AUGUSTE DE BELNAVE, 1 joli vol. in-32. . . . . 60 c.

* **L'Amour, les femmes et le mariage,** pensées de toutes les couleurs ; anecdotes, historiettes, contes, poésies, fables, proverbes, chansons et chansonnettes, extraites des écrivains de tous les temps et de tous les pays, par ADOLPHE RICARD, 1 beau vol. in-12. . . 2 fr.

* **Éloge de Jean Raisin et de sa bonne mère la Vigne,** par ADOLPHE RICARD, d'après tous les poëtes :
  Qui, depuis trois mille ans, et jusques à nos jours,
  Ont chanté le bon vin, Comus et les Amours.
  1 joli vol. in-18. . . . . 2 fr.

* **Le Banquet des sept gourmands,** roman gastronomique, par PIERRE VINÇARD, un joli vol. in-18 anglais . . . . . 2 fr.

* **Théâtre pour rire,** 1 beau vol. in-12 de 330 pages. . 2 fr.
  Ce volume contient : les Fureurs de l'Amour, la Veuve de Cancale, la Mort de Cadet Roussel, Muscadin et Margotine, le Pot de chambre cassé, etc., etc. Toutes ces pièces, qui ont fait rire nos pères, et dont la lecture désopilerait la rate des gens les plus moroses, sont en vers.

* Ce volume se vend aussi par livraisons à 20 c. Il y en a 10.

REGISTRES

POUR LES

MÉDECINS

PUBLIÉS PAR G. SANDRÉ.

1° Registre des médecins (*journal*), in-8 relié. . . 4 fr.

Ce registre, qui correspond à la main-courante des commerçants, a la même utilité. Il permet au médecin d'inscrire chaque jour, au nom de chacun de ses clients, les visites, consultations ou opérations qu'il leur fait, ainsi que les sommes qu'il en reçoit, et de connaître par conséquent le produit de sa clientèle, soit en compte, soit au comptant, dans un espace de temps donné.

GRANDS-LIVRES.

N. B. — MM. les médecins auront à choisir l'un ou l'autre des trois registres dont les noms suivent. En dehors de ces trois méthodes, l'expérience nous a prouvé qu'il n'y avait rien de rationnel.

1° Le Livre des médecins, 1 vol. in-8 oblong, sur deux pages en regard l'une de l'autre, relié et augmenté d'un répertoire alphabétique. . . . . 5 fr.

Ce registre doit forcément recevoir sur ses pages le compte annuel de plusieurs clients.

2° Comptabilité des médecins, 1 vol. in-8 oblong, relié. 4 fr.

Chaque page de ce registre ne peut servir que pour le compte d'un seul client.

3° Registre des médecins (*grand-livre*), in-8, relié, même format que le *journal* ci-dessus. . . . . 4 fr.

Chacune des pages de ce registre peut être affectée *ad libitum* au compte d'un seul ou de plusieurs clients.

Semainier médical, agenda de poche et comptabilité portative des médecins. Chaque trimestre, broché. . . . . 50 c.

Memento des médecins, registre pour l'inscription par les domestiques, des demandes de visite faites en l'absence du docteur. La formule imprimée ne laisse à remplir qu'un nom et qu'une date. Un vol. in-folio, relié. . . . . 2 fr.

N. B. — MM. les médecins pourront se procurer ces divers registres par l'entremise des libraires et des pharmaciens de leur localité, ou par MM. Baillière, Charrière ou Ménier, dont les relations s'étendent aux quatre coins de l'Europe.

Semainier des dames, agenda des ménages et comptabilité domestique de la maîtresse de la maison, présentant sur une seule feuille les dépenses et les recettes, jour par jour, d'une semaine entière. Prix de chaque feuille contenant quatre semaines. . . . . 25 c. Le registre complet, 52 semaines, relié. . . . . 4 fr.

Agenda des personnes pieuses, ou mémento pour s'approcher du tribunal de la pénitence. . . . . Un sou. 5 c.

Ce tableau, dont nous avons trouvé l'idée première dans les écrits de Franklin et de saint François de Sales, est, en dépit de son étrangeté même, d'une incontestable utilité morale. G. S.

COMPTOIR DES GENS DE LETTRES.

Faire imprimer, publier et mettre en vente, aux frais et pour le compte des auteurs, les écrits de tout genre dont les manuscrits lui seraient confiés ; surveiller l'impression de ces écrits ; conseiller les auteurs dans tout ce qui se rapporte à la partie matérielle du livre : titre, format, justification, tirage, papier, publicité, vente, etc.; mettre enfin à leur service les connaissances spéciales et l'expérience acquises dans une longue pratique, tel est l'objet du *Comptoir des Gens de lettres*, dont le bureau est établi chez G. SANDRÉ, libraire, rue Percée-Saint-André-des-Arts, 11.

Paris. — Imprimerie de L. MARTINET, rue Mignon, 2.

Chez le même Libraire.

L'Amour, les Femmes et le Mariage. Pensées de toutes les couleurs, Anecdotes, Historiettes, Contes, Poésies, Fables, Proverbes, Chansons et Chansonnettes extraites des écrivains de tous les temps et de toutes les nations, et recueillies par ADOLPHE RICARD. 1 vol. in-12 de 400 pages. 2 fr.

Écrit à l'usage des petites et des grandes filles, des jeunes et des vieux garçons, ce volume renferme tout ce que les moralistes, les poëtes et les romanciers ont écrit de plus ingénieux, de plus profond et de plus piquant sur l'Amour, les Femmes et le Mariage. C'est une lecture toujours attachante, parce qu'elle a toujours l'attrait de la nouveauté ; c'est la science de l'amour réduite en maximes au profit de ceux qui l'ignorent ; et c'est de ce livre surtout qu'on peut dire : *l'idocti discant et ament meminisse periti.*

Bibliothèque diamant in-32 , papier vélin.

Le Brahme voyageur, par M. FERD. DENIS. 1 vol.	1 fr.
La santé des petits enfants, par M. le Dr SEBAINE. 1 vol.	1 fr.
Voyage dans les forêts de la Guyane française, par MALOUET, ancien ministre de la marine. 1 vol.	60 c.
Jocko, anecdote indienne, par CHARLES POUGENS. 1 vol.	60 c.
Instructions pour les domestiques, par l'abbé FLEURY. 1 vol.	50 c.
Le Citateur latin, par M. de BELNAVE. 1 vol.	60 c.
Les Préceptes du mariage, par PLUTARQUE. 1 vol.	60 c.
Le Mérite des femmes, par GABRIEL LEGOUVÉ. 1 vol.	60 c.
Histoire d'une épingle, par M. de SÉGUR. 1 vol.	60 c.
Il ne faut pas que les femmes sachent lire, par SILVAIN MARÉCHAL. 1 vol.	60 c.
Pourquoi les femmes sont-elles aimées? par CADET DE VAUX. 1 vol. 60 c.	

Théâtre pour rire, contenant : la Veuve de Caucale. — Muscadin et Margotine. — La Mort de Bucéphale. — Agathe, ou la princesse qui se dit sucrée, mais qui ne l'est pas. — Les fureurs de l'amour. — Le Pot-de-chambre cassé. — La Mort de Cadet-Roussel. — Les Rêveries renouvelées des Grecs, etc., etc., etc. 1 beau vol. in-12 de 330 pages. 2 fr.

Toutes ces pièces, qui ont fait rire nos pères, et dont la lecture désopilerait la rate des gens les plus moroses, sont en vers.

Éloge de Jean Raisin et de sa bonne mère La Vigne, par ADOLPHE RICARD, d'après tous les poëtes :

« Qui, depuis trois mille ans, et jusques à nos jours,
» Ont chanté le bon Vin, Comus et les Amours. »

Un joli vol. in-18. 2 fr.

Paris. — Imprimerie de L. MARTINET, rue Mignon, 2.

www.ingramcontent.com/pod-product-compliance
Lightning Source LLC
Chambersburg PA
CBHW050352030726
47503CB00006B/1822